CW00529940

Este libro está dedicado a todas esa
escuchar, aconsejar de su entorno:

- Qué esperas para ser madre?
- Se te va a pasar el arroz.
- Y no tienes pensado tener hijos?
- Que hace soltera una chica tan guapa como tú?

Entre otros comentarios, mi consejo es que cada una viva la vida de la mejor manera posible, sin tener miedo al qué dirán, a ser juzgada, que todo es posible, tus sueños, tus esperanzas.

No hay que olvidar que solo hay una vida, pero también hay que hacer aquello que realmente desees no lo que la sociedad, amigas, familia o novios te digan.

¡Vive y se feliz!

Historia de una chica de 35 años que deja a su pareja por rehacer su vida de nuevo. No quiere estar por estar, y no quiere soportar más el hazme reír de su entorno. Cierra un libro con esperanzas de hacer realidad sus sueños de vivir feliz, sin dejar de reír y llorar, dejando atrás la tristeza.

En ese camino encontrará muchas aventuras en la vida, algunas muy difíciles de superar que le hacen vivir mil y una aventuras por el mundo.

Dedicado a todas las mujeres del mundo

¡Vive!

Son las 23.30h de la noche y aún no ha llegado a casa, que raro, me dijo que llegaría en 5 minutos.

Me voy a la cama ya, mañana nos vamos a pasar la semana Santa a Peñiscola. Y antes de irnos trabajaremos los dos. Quiero estar descansada antes de coger el coche.

Son las 01.30h el despertador de encima de la mesita me anuncia la hora y mis ojos no descansan, comienzo a preocuparme, está a 3km de casa y la timba de póker ya tenía que haber finalizado hace horas.

Le envío un wasap:

"dónde estás?"

No recibo respuesta.

Pienso en los buenos consejos que me suelen dar mis amigas:

-   Vive contigo, así que no te preocupes que volverá a casa a dormir.

Así que me pongo música relajante e intento dormir, pero no lo consigo a las 03.00h de la mañana vuelvo a enviarle un mensaje y esta vez me responde que están en Barcelona a 40km de casa.

¡Qué coño hace en Barcelona!- pienso enfadada. Otra vez vuelve a las andadas de "me han liado los amigos". La excusa perfecta y que cree que siempre me va a dejar tranquila. Pero, ¿que se piensa este? Siempre jugando con mis sentimientos! Estoy harta!

Uff mi mosqueo crece por momentos, ¿cómo quiere que continúe a su lado si no para de hacer su vida sin darse cuenta que vive con alguien que le espera en casa?

Le digo que venga ya... me duermo... sé que volverá.

Me despierta cuando se mete en la cama son las 06.00h de la mañana, no me lo puedo creer y encima viene con ganas de guerra.

Por supuesto mis movimientos son de negarme a hacer nada. Estoy muy enfadada le digo con lágrimas en los ojos, luz apagada y el reflejo de la luna entrando por la ventana:

- Este juego se ha acabado, ya no aguanto más. NO quiero un novio que siempre está en timbas de póker, que comenzó a las 18h y son las 06.00h por lo tanto doce horas, como me voy a creer que realmente no has estado con otra o a saber que estaba haciendo realmente!!
- Cariño, yo te quiero mucho a ti a nadie más.
- ¿Qué coño hacías en Barcelona, no estabas aquí al lado?
- Ya, pero es que los amigos querían ir al casino y bueno, me lo han propuesto, yo solo quería un rato y en fin.
- En fin, ya no puedo más con tus líos de amigos, estás jugando conmigo, acaso no te importo?, mañana nos vamos, te acuerdas? Tienes que trabajar mañana y son las 6, bueno hoy has de trabajar
- Bueno no iré total no hay mucha faena.
- Joder! Siempre igual, eso no es la cuestión. En serio yo me voy contigo o sin ti. A las 19h si no estás listo con la maleta hecha me voy! Y no me busques más, que no quiero hacer nada! – en esto último me refiero al sexo, no para de abrazarme, me agobia, no quiero que me toque y me pongo al filo de la cama, vamos casi me caigo con la tontería.

Me doy la vuelta y intento dormir.

Suena el despertador, son las 08.00h estoy muy triste, decepcionada, frustrada, lo he dado todo por esta relación y no consigo más que decepciones. No pretendo que sea como yo, o que haga lo que yo quiera, solo simplemente que me diga la verdad, que no me haga esperarle cuando en realidad no va a venir, que me diga

- Cariño, vengo en cinco minutos.

Y pasen 3-4 horas desde su mensaje, eso es recochineo!, es un sinvergüenza que juega con mis sentimientos y eso se ha acabado.

No aguanto más, quiero estar sola, he soportado muchas estupideces tanto de él como de su familia. Quiero tranquilidad.

Estoy en la Agencia de Viajes ultimando mi viaje y el de los clientes, cuando llego a casa lo veo sentado en el sofá, sin moverse mirando la tv.

No le dirijo ni una palabra, como no el ordenador está a su ladito y seguro que está jugando a Póker, odio ese maldito juego!, odio que ni siquiera esté preparado ni tan siquiera intenta hablarme. Así que voy a coger el toro por los cuernos:

- Me das las llaves del coche? Yo me voy ya.

Cojo mi maleta, las llaves y me voy. Mis pensamientos van a 1000 x hora, dudo varias veces si volver a buscarlo, pero no. No me escribe.

Me dirijo a Peñiscola a una suite que he reservado en Todo Incluido, donde deseo con toda mi alma estar con él.

Cuando ha pasado más de una hora, leo un mensaje de wasap que me ha enviado.

"¿dónde estás?"

"camino a Peñiscola, ya te he dicho que me iba y tú no te has levantado del sofá".

Me llama, no cojo el teléfono.

"Venga da la vuelta"

"NO"

Me tiembla el cuerpo, pero ahora quiero tranquilidad y ver hasta donde me quiere. Tiene una moto, puede venir, en tren o como sea, menos en nuestro coche.

Recibo varias llamadas, no las contesto, ¿para qué?, que me va a decir que no haya escuchado antes:

- Lo siento cariño, Te quiero, sin ti no soy nada. No lo volveré hacer. Tienes razón. Perdóname, Te amo. Soy un tonto... etc.

Y yo siempre perdonándolo todo, porque le amo, porque le amaba, porque creo que no puedo encontrar a nadie mejor, porque ya tengo 35 años, quien me va a querer, ya se me pasó el arroz, miles de tópicos vienen a mi mente.

Pero uno que es el de mi madre:

- ¿Qué pasa si estás sola?

NO he estado nunca sola, siempre ha habido alguien. No me gusta estar sola. Me gusta ser amada, querida, cuidada.

Mis pensamientos, mis recuerdos vienen a mi mente, se amontonan para salir uno a uno. Ha habido buenos y bonitos momentos, pero todos han sido después de que antes se haya portado mal conmigo.

Cuando lo dejé en Mayo del año anterior, por haber pegado una paliza a la perra porque sintió celos. Luego se presentaba en mi casa con flores, con notas de amor, mensajes de desesperación de que no le dejara. Pero, yo siempre volvía, luego se portaba bien, me preparaba cenas románticas, nos íbamos los fines de semana. Y luego al cabo de un mes, volvía a lo mismo, a salir después del entreno del futbol para estar con sus amigos, sus timbas de póker o sus salidas a cenar, diciéndome que llegaría a una hora y luego se olvidaba y le "liaban los amigos" y aparecía 3-4 horas más tarde.

No quiero alguien así en mi vida, ¿tan difícil es encontrar un hombre que te quiera, que tenga ganas de estar contigo, que cumpla lo que dice en sus mensajes?

¡Dios! cada vez estoy más nerviosa y estoy conduciendo hacia Peñiscola en nuestro coche, me alojaré en un hotel de 4 estrellas, en una suite con Todo Incluido y estaré SOLA...

Tengo pánico, ¿hago lo correcto?

Me viene a la mente la primera vez que me dijo unas palabras bonitas, me encantaba, creía que sería el primero y ultimo de mi larga de novios.

- Tienes los ojos como Napoleón, Marrones como la Coca-Cola – arrodillado me dijo esa tontería y con dos copas de más.

Increíble que algo tan absurdo surgiera efecto, pero había quedado con unas amigas con ganas de reír. En cuánto me dijo ese piropo me pareció tan mono con ese absurdo piropo. Siempre creí de él que era un buenazo y que porque no me abría a él, tal vez no me haría daño.

Esa noche acabamos todos en su casa y había una niñata que le tiraba la caña, yo cuando entré en su casa tan limpia y ordenada, pensé que era un partidazo. NO quería que se me escapara.

Y así comenzamos ese día tonteando todo el tiempo. A la semana siguiente íbamos de Boda a la de mi Prima, le propuse de ir juntos, ya que me tocaba ir sola. Nos dimos los teléfonos.

Estábamos sus amigos y mis amigas Patricia y Raquel, Patricia estaba medio liada con uno de sus amigos, así que era fácil quedar con ellos.

Entre semana, le llamé una noche, quería asegurarme de que me iba a acompañar a la Boda, que no se olvidase. Y estuvimos hablando un rato y me gustó hablar con él:

- Hola, ¿no te habrás olvidado de que me tienes que venir a buscar el sábado?
- Qué va! Niña paso a buscarte con mi cochaso y en un plis nos presentamos en la ermita. Quédate tranquila que yo te cuido.
- Vaya, no esperaba que me dijeras que me cuidas. Pero, sinceramente, ya se cuidarme solita.
- Bueno, pues nada no te cuido.
- Vale.
- Bueno, te dejo que mañana madrugo, nos vemos el sábado.
- Vale, buenas noches.

Su voz me encandiló, como puede afectarme un sonido de voz varonil. Porque ya ves que chorradas nos dijimos... Y ¿a quién estoy hablando? A ¿mi mente? ¡Ay, este viaje me está volviendo loca!

El día de la Boda llegó, me vino a buscar en su coche un Mercedes descapotable, me quedé de piedra, no sabía que tenía ese coche, sabía que le iba bien la empresa, pero no tanto. Además vino con un traje muy peculiar que le quedaba muy bien.

Me encantó el detalle de que me abriera la puerta para subir a su coche y así juntos fuimos a la boda de mi prima.

Yo le veía mirarme de reojo, me vestí con un vestido negro con la espalda descubierta y unos zapatos sandalias de tacón negro.

Cuando llegamos al restaurante él se iba con sus amigos y yo me relacionaba más con las chicas que a algunas las conocía. Venia y estaba por mí. Recuerdo que estábamos como en una casita todas hablando y sacaron el tema de que Jose hubiera venido conmigo, todas me decían que no le hiciera daño, ahora miro y me pregunto ¿quién le dijo a el que no me hiciera daño a mí?

De vez en cuando venía donde estábamos nosotras y estaban con las bromas, me gustaba. En un momento en que estábamos con los canapés, me dijo delante de todos que yo me ahogaría en su mirada. Y así ha sido, me ahogué en su mirada....hasta no poder respirar.

Nos tocó sentarnos en mesas diferentes, pero de vez en cuando oía las risas que provenían de su mesa y veía que de vez en cuando me miraba o tal vez era yo la que le miraba...

Después de ese día, ya no volvimos a separarnos hasta hoy.

He llegado a Peñiscola, no quiero hablar con Jose, estoy saturada, mi cabeza esta como ahogada, en cuanto me registro en el hotel subo a la habitación y sigo recordando.

- Cariño, algo me pasa, porque me he fijado en otro, quiero decírtelo porque yo no quiero estar con otra persona que no seas tú – le dije una noche de Enero de este año, cuando regresaba de fiesta con mis amigas.
- ¿Has hecho algo?
- No, Te quiero y quiero estar contigo, por favor demuéstrame que me quieres, que quieres estar conmigo, quiero luchar por nosotros.
- Bien, vamos a dormir.

Toda mi sinceridad cambió el carácter de él, se volvió más celoso que antes, más inseguridad.

Me habían visto hablando con un chico y el que me había visto es amigo de mi novio, como no iba a decírselo, yo no hice nada, si coqueteé, pero no me enrolle nada pasó. El chico tenía mujer, recién casado, yo amo a Jose, amaba, no sé qué tiempo del verbo usar. Estoy confundida.

Al día siguiente de mi llegada a Peñiscola, fui a pasear y cuál es mi sorpresa, que estoy alojada en la quinta leche del centro, pero quiero caminar y camino los 3-4km de distancia que hay.

Tengo reserva para visitar la ciudad en Segway al día siguiente.

Camino por las calles de Peñiscola, Sola, esta soledad me rompe mis esquemas de vida, de mi presente. Me llama:

- ¿Que haces?

-   Caminar- le respondo – Necesito pensar, aclarar que quiero y no entiendo porque no tenías las maletas preparadas, ¿porque no has venido?
-   ¿Como quieres que venga?! Te has llevado el coche!
-   Ven en moto, tren yo te voy a buscar, pero ven a por mí. – le ruego llorando.
-   No puedo ir, la moto no llega hasta allí
-   Ven en tren, te recojo.
-   No voy a ir en tren ni en nada, ven aquí!, como voy a salir a la calle, me has dejado solo aquí.
-   Lo se, si me quieres ven a buscarme.

NO viene, lloro, no me importa que me vean llorar por la calle, me siento sola, al igual que cuando él está a mi lado, sola.

Me acuerdo de las primeras veces en que se iba de cena con sus amigos y me decía que venía después de cenar y nunca regresaba, nunca me cogía el teléfono, siempre eran respuestas:

-   No he oído el teléfono
-   Me lían los amigos
-   Ya sabes después de cenar han cogido mi coche y me han llevado y no podía regresar.

Al principio no me importaba, a veces apetece estar sola, pero luego comencé a sentirme sola, es fin de semana y estaba sola, no podía disfrutarlo con él, se iba. ¿Cómo era posible que no pudiera enviarme un mensaje conforme que no lo esperara despierto? ¿tan difícil es?

Comenzaron a darme ataques de ansiedad, me desahogaba escribiendo emails a mis amigas, llamaba a mi hermana, a veces no podía respirar, no saber dónde estaba o que no me cogiera el teléfono, que deseara estar con sus amigos en vez de conmigo me volvía loca.

Para postre final, me quedé sin trabajo y no fue muy comprensivo, buscaba trabajo por la zona, pero no encontraba nada. Yo siempre encontraba trabajo fuera de Vic.

No todo ha sido malo, me regalaba flores de vez en cuando, sabe que me encantan. Hacia cenas románticas, con velas y me regalaba ropa preciosa. Tiene buen gusto y es social.

Aunque dentro de casa, cuando no bebía nada de alcohol, pues no era tan social, ni simpático.

Tal vez, sea yo que no estoy bien, casi embargan la casa de mis padres y mis amigas parece que haya habido alguna mala historia o mal de ojo, porque me decepcionaron.

Vamos que no estoy en el mejor momento de mi vida, al borde de acabar una relación de la que ya no queda amor, amigas que no eran amigas, un trabajo que no cubre los gastos y yo Sola en Peñiscola.

Disfruta

Son las 17.00h y estoy esperando llegue el organizador de la vuelta en Segway, me apetece ver la ciudad de una forma diferente.

Ha llegado un chico solo, alto moreno, parece simpático.

- Hola, estas esperando para dar una vuelta en segway?
- Si.
- Me llamo Oscar y ¿tu?
- Berta, encantada.

No le miro con muchas ganas de conocer a nadie, estoy ensimismada en mi mundo.

Llegan dos parejas más y el organizador. Nos enseña a llevar el Segway.

- Jajaja, no se frenarlo, me voy a caer – digo entre risas.
- Tranquila que yo te recogeré si te caes – me dice Oscar, sonriendo.

No me gusta cómo me mira, no quiero gustarle, así que le respondo borde:

- Gracias, pero no necesito que me recojas.

- Tranquila, dejaré que te caigas y entonces tendrás que pedirme ayuda.
- Pero tú ¿de qué vas?- le pregunto en un tono de prepotencia mirándole por encima del hombro.
- Oye, relájate que era coña. Jodo con la gente de Cataluña
- ¿Disculpa? ¿cómo sabes de dónde soy? – continuando mi chulería.
- He escuchado cuando hablabas con la pareja de Madrid y has dicho que eres de Barcelona, pero tu acento te delata igualito al de Andreu Buenafuente.
- A
- B
- Jajaja - no puedo evitar reirme.
- Al menos te ríes, parecía que ibas a ser una borde todo el tiempo y veo que tienes sonrisa.

Le saco la lengua y continuo la ruta delante de él, mientras voy hablando mentalmente conmigo misma "Jope con este, parece que esté coqueteando, tal vez deba relajarme y disfrutar de estos días sola".

Oscar se pone a mi lado y yo voy cerca del guía para irme enterando de todo, me duelen los pies, no sabía que se cargaran tanto las piernas.

La ciudad está a rebosar de gente, tenemos que cambiar de dirección porque no podemos pasar, mañana quiero volver hasta el castillo de las aves.

Llegamos a punto de partida y cuando me estoy despidiendo de todos, Oscar me dice:

- Berta, ¿te apetece ir a tomar algo esta noche?

Lo miro a los ojos, parece que solo quiera eso, no quiero liarme con nadie, aún tengo novio, pero no pasa nada si voy a tomar algo, ¿no? O ¡dios! ¿Cuándo dejaré de pensar tanto?

- ¿Tengo algo en la cara? o ¿me estas respondiendo telepáticamente?
- Jajaja muy bueno, pues sí te di una respuesta por telepatía.
- Pues creo que las ondas eran muy dispersas y no las entendí. Es que ¿sí?
- Si, quedemos para tomar algo, a ¿qué hora?
- Ahora son las 18.30, que te parece a las 20.00h?
- Bien, así me da tiempo de llegar al hotel que está en la otra punta.
- Si quieres te acerco, tengo el coche aparcado cerca de aquí.
- Mmm, nose…
- Tranquila, solo te descuartizaré y ya está.
- Jajaja ¡serás! ¿Cómo me dices eso?
- Que es broma mujer, venga te acerco y te recojo a las 20.00h.
- Vale, vamos.

En el coche hablamos de donde es, donde vive, es de Zaragoza y vive en Salou, ha venido unos días para desconectar.

Curiosa coincidencia, que yo haya venido para .. ¿Desconectar?, le dije lo mismo, que vine para desconectar de mi vida. Le extraño que viniera sola, pero no me preguntó más. Llevo el anillo que me regaló en Irlanda.

Irlanda, le regalé un viaje, su sueño era poder viajar solo, estando conmigo en pareja no hubiera tenido las aventuras que tuvo, le regalé un curso intensivo de inglés, con alojamiento en una familia. Por desgracia, no le fue tan bien como a mi diez años atrás.

Cuando fui a recogerlo a Irlanda, después de 15 días sin él, echándonos muchísimo de menos, me llevo a un acantilado y allí abrazados me sacó un anillo y me dijo que me quería. Fue tan bonito, tan romántico.

Tal vez estoy equivocada dejándolo, y debería volver.

Decido darme un baño en mi maravillosa, espaciosa y fantástica habitación...

Son casi las 20.00h es viernes y estoy nerviosa, me siento como si fuera una cita, como si estuviera poniendo los cuernos a Jose.

Me he puesto un vestido, un poco ceñido, me he maquillado un poco, me he puesto mi perfume de Victorias secret de fresa y champan que me regaló mi amiga Amelia.

Le veo aparcado en su coche gris de empresa, un Focus. Oscar va vestido con una camisa negra, su sonrisa y unos tejanos desgastados. Me abre la puerta del copiloto. Y me dice que me va a llevar a un sitio para relajarme y disfrutar de las vistas de Peñiscola.

El sitio tiene una terraza, creo que se llama Orange, no me he fijado mucho en el nombre pero si en la decoración, es muy bonito, se ve cómo va atardeciendo, es precioso.

Me pide un Gin Tonic y cuando nos sirven la bebida me hable de sus viajes, de su empresa, un poco de él, no me pregunta por mi vida. ¿Tan mal se me ve? Aunque es mejor así, por primera vez no ser yo la que no para de hablar, escuchar a los demás es bueno, me tranquiliza.

¡Ostras!, me comienzan a picar mosquitos. ¡Jope! Se me van a poner las piernas feas feas.

- ¿Estás bien? – me pregunta sonriendo al verme rascar las piernas como una posesa.
- MMm me están acribillando los mosquitos. –contesto con cara de circunstancia.
- De ¿verdad?, entonces debes de tener la sangre muy dulce.
- Jajaja que gracioso!, no te emociones que no te la voy a dejar probar jajaja
- Jajaja tiempo al tiempo.
- De eso nada monino
- Monino? que palabra es esa?
- Monada, pero minimizado para ti, jajaja
- Mírala ella que está graciosa.
- Bueno, no he viajado tanto, ni tengo una súper empresa, pero al menos soy graciosa. – y le guiño un ojo.

Me gusta cómo me mira, entre simpatía y deseo, pero tengo que comportarme, tengo novio.

Cuando acabamos la copa me dice de ir a cenar a un restaurante en el casco antiguo, así que volvemos a pie hacia el centro. Me tropiezo en una de sus calles empedradas y él me coge antes de caerme. ¡por dios, Que torpe soy!

- Bueno, al menos veo que me has recogido antes de caerme. – le digo riéndome, creo que voy contentilla con las dos copas.
- ¿Acaso creías que te iba a dejar caer? – me mira a los ojos muy serio, ¡joder! Como me pone.

Lo miro, no digo nada, aun me está sujetando del brazo. Buff, esa mirada y esa sonrisa, me ponen nerviosa.

-vamos, que no encontraremos mesa. – me suelta el brazo y se pone a mi lado.

- Tranquila que de eso me ocupo yo.

- ¿No me dirás que también es tuyo el restaurante? – pregunto con cara burlona.

- No no, pero conozco al dueño y no tendremos problemas de mesa.

- jolín, sí que eres un hombre influyente – le miro seria ¿Quién es este tipo?

- si supieras...

-jjajaja, anda ¡vamos! – sonriendo los dos entramos al restaurante.

Llegamos a un precioso restaurante, sencillo, pero cenamos súper bien, me he sentido tan cómoda, nos reímos un montón, por tonterías y por sus ocurrencias.

Cuando acabamos de cenar me deja en el Hotel, el móvil lo había dejado en la habitación. Lo primero que hago es revisar el móvil funciona y no tengo ninguna llamada, ningún mensaje. No va a venir Jose a buscarme.... Que decepción.

Al día siguiente he quedado con Oscar, vamos a dar una vuelta por el castillo, hablamos y nos reímos y me despido después de comer, al dejarme en el hotel. Tiene que volver a Salou y yo decido regresar a Vic. He tomado una decisión.

Voy a dejar a Jose.

Lo quiero, pero no me llena el amor que el siente hacia mí. Puede que el problema sea mío, no soy feliz con él. Me siento sola cuando estamos juntos. Siento que estamos compartiendo piso, más que una relación en que tengamos comunicación. Al principio si la teníamos, luego hemos dejado de tenerla.

Recuerdo una noche que salimos a la discoteca con sus amigos y regresamos a casa tan cachondos que hicimos el amor en la encimera de la cocina, fue tan guarro como a mí me gusta, me desnudo y me estiró en la encimera, me comió el coño hasta hacerme correr, luego me bajó y me puso de espaldas para penetrarme, fue tan bueno, tan excitante.

Pero, eso pasaba muy de vez en cuando, teníamos más "mete-saca" comer el coño más de diez minutos era algo terrible, no le gusta mi flujo, ni verme correr... noto como no tiene deseo de mi cuerpo. Al ver eso cada vez me apetecía menos tener relaciones sexuales.

Ya he llegado a Vic, estoy delante de nuestra casa. Entro. Él está sentado en el sofá.

Me mira:

- ¿Cómo estás?
- Bien, tranquila. Lo siento.
- NO.
- Lo siento.
- No, te he dejado pensar, creía que querías estar sola y te darías cuenta de...
- Lo siento, esperaba que vinieras a mí.
- Pero, si te has llevado el coche.
- Existen medios para venir, para luchar por mí. Como yo lo he hecho por ti muchas veces.
- Cariño, Te quiero.
- Yo también, pero no quiero continuar más.
- Piénsatelo cariño.
- Ya lo he pensado- le digo llorando.
- Cariño, no me dejes- me dice llorando.
- Lo siento, recojo mi ropa y me voy, quédatelo todo.
- Cariño... – lo dejo llorando mientras recojo mi ropa.

Lágrimas de nuestros ojos ponen fin a dos años y medio de relación.

Pasito a pasito

Estoy tumbada en un colchón individual que hace de sofá en mi piso, junto a mi perra, tengo todo el comedor lleno de cajas con ropa y algunas cosas que había en nuestro piso en común.

No sé qué voy a hacer con mi vida, tengo tal lío mental, tal lío de sentimientos y ahora ¿qué?

Sin existir un manual de instrucciones, con ganas de llorar todo el tiempo y quiero sus abrazos, pero a la vez no quiero verlo más.

Pongo música chillo ut en el móvil, necesito paz interior. Cierro los ojos, son las doce de la noche, mañana será un día diferente, un principio de un capítulo más de mi vida. Tengo que cerrar la agencia de viajes, tengo que saber que quiero en mi vida, donde quiero estar...

Estoy en la agencia recogiendo las cosas,

- Hola
- Uy no le había oído entrar, ¿dígame?
- Pasaba a saludarte soy Enrique el dueño de los autobuses Maremoto.
- Hombre, ¿qué tal? ¿Qué haces por aquí? No tengo ningún grupo previsto para salir hoy.
- Ya no te preocupes, era porque venía para conocerte tengo que recoger un grupo en una hora y he aprovechado para saludarte y conocernos en persona.
- ¿En serio? – mi cara es un poema, sorprendida es poco lo que estoy.
- Si, en serio. Venga te invito a un café.

Vamos al bar de en frente de la agencia, mientras me comenta cosas del grupo que va a recoger a una población cercana, me pregunta si es que estoy haciendo reformas, que hay tanta caja.

- Que va – le digo yo- tengo que desmontar el chiringuito, porque por temas personales prefiero irme del pueblo.
- Pero, ¿estás bien?
- Bueno, he estado mejor, pero voy a buscar trabajo y la agencia llevarla por internet, estoy pensando en llevar viajes de lujo como asistente y guía.
- Está bien eso, pero si buscas algo si quieres puedo ofrecerte en mi oficina un despacho y además que trabajes para mí.
- ¡Venga ya! ¿Lo dices en serio?

- Sí, ¿me ves cara de mentirte?
- No, no, es tan solo que me estas salvando la vida ¡en serio!

Tanta suerte no puede ser que tenga, hace solo dos días que he acabado la relación y ya encuentro un trabajo, es ¡increíble!

Cuando llego al medio día a casa de mi madre, me la encuentro llorando.

- ¿Qué pasa mama?
- Nos embargan la casa... han venido a dejar una notificación.
- ¡¡¿¿Cómo??!! – me derrumbo con ella, lágrimas salen de mis ojos.

Cojo la carta, la leo y releo, no puede ser nos quieren embargar la casa. Y lo más increíble es que no está a nuestro nombre hice una permuta y el hijo de su madre del constructor aún no ha hecho el cambio, nos dijo que no nos preocupásemos y llevamos más de un año esperando y ahora nos llega esto.

No puede ser y ¿ahora que hago?

Me voy a mi piso, me siento, cierro los ojos, lágrimas brotan, me dejo llevar, lloro y lloro. Me paso el día entero en casa, yo he creado el problema de la permuta, quise reformar la casa, quise que tuviera una casa que no se estuviera derrumbando y solicité una permuta a un constructor hermano de un amigo. Ahora comprendo muchas cosas, tengo que decidir qué hacer.

Comienzan los Cambios

Llamo a Teresa, mi abogada, es la que me esta llevando los papeles. Teresa es una mujer que hace poco comenzó su camino de abogada en solitario, confío en ella, sé que no dejaría que me embargaran la casa.

Teresa es una mujer de treinta y pocos, soltera, guapísima, rubia, un cuerpo de escándalo, segura de sí misma.

- Teresa, ¿puedes hablar? – hablo con voz temblorosa.
- Si, dime.
- Tenemos que vernos acaba de llegar una ejecución de embargo de la vivienda.
- ¿Cómo? Serán cabrones, mira que ayer estuve hablando con el director del banco. Y hoy estaba comenzando a preparar unos papeles para solicitar una petición de conocimiento de deuda por parte de la constructora. Tranquila dame 24horas y comienzo a mover papeles, ven mañana a las 18h.
- Gracias Teresa, eres un sol.
- Dímelo eso cuando paremos esto – y seguidamente me cuelga el teléfono.

Intento tranquilizarme, pero no puedo. Así que me levanto de la cama y me dirijo a la ducha, tengo que cambiar el chip, abro al azar el libro de Louise L.Hay y leo una frase "Puedes cambiar tu mente, manda a tu secretaría, tu juez callar, vas a cambiar todo aquello que desees, ¡Tú puedes!".

Puede que sean tonterías que meto en mi cabeza, pero voy a intentarlo, acallaré aquella parte de mi mente que no para de reprenderme.

Mientras me ducho, vuelvo a llorar, ¿cómo pueden tener tantas lágrimas mis ojos? Quiero sacar las lágrimas que queden, para ser fuerte el resto del día. Me toca vaciar lo poco que queda de la agencia, llamar para dar de baja los suministros, hablar con el ayuntamiento e ir a firmar el contrato con el tour operador de grupos.

Me pongo la canción de Bebe, me pongo los tacones, me maquillo y salgo por la puerta con la cabeza bien alta, ¡vamos al lio!

Son las 14.30h y estoy entrando por la puerta de casa, me toca tranquilizar los nervios de mi madre. Una madre que es un sol, que se separó de un padre alcohólico, maltratador y que consiguió sacar adelante a 5 hijos sin ayudas sociales y con mucho trabajo y amor. Una época donde separarte del marido estaba mal visto por la sociedad, que durante infinidad de veces tuvimos que salir a la calle en paños menores por ver como venía un padre borracho que quería quemarnos vivos dentro de la casa, que gritaba, discutía, robaba y pegaba con el cinturón.

- Hola mama, ¿cómo estás? – mi madre está ultimando un estofado, mientras me siento en una silla detrás de ella.
- Hombre... Podría estar mejor, ¿has hablado con tu amiga abogada?
- Si, mañana me reúno con ella a las 18h.

Sin más conversación sobre el tema nos sentamos a comer el estofado, que bueno está con ese toque de comino que hace que el plato tenga un aroma y sabor buenísimo.

Después de comer subo a mi piso, si así se le puede llamar a un espacio con una cama y lleno de cajas, me tumbo y cierro los ojos mientras pienso en lo que está sucediendo en mi vida.

Increíble, sin novio, cerrando la empresa, pero con nuevo trabajo y ahora a punto de perder la casa.

Al día siguiente mientras me estoy vistiendo, suena el teléfono, es Teresa.

- Hola Teresa, ¿tienes buenas noticias?
- Lo siento, esto va a ser complicado el Banco nos ha jodido bien, pero hay varias opciones una llevarlos a juicio para así intentar no pagar las hipotecas que ha dejado el constructor. Otra opción es que recojáis las viviendas con las hipotecas que hay.
- Y ¿no perderemos las viviendas?
- A ver es lento lo de llevarlos a juicio y tiene un coste de unos 3000€ crees que puedes pagar eso, yo no te cobraré mis honorarios, pero el procurador nos cobrará eso y no puedo asegurarte al 100x100 que vaya a salir bien.
- Recoger la hipoteca, no creo que pueda ahora, firmé ayer el contrato con el tour operador y ya sabes que capitalice el paro para crear la agencia de viajes, además el préstamo que tengo en el banco- le digo acalorada y nerviosa.
- Vamos a ver, tranquilízate que te oigo muy nerviosa, vamos a hacer las dos cosas, presentarnos para recoger las hipotecas y a la vez mirar de llevarlos a juicio.
- ¿Eso se puede hacer?
- Si.
- Pero, no tengo los 3000€ que se necesita.
- Entonces nos centraremos en recoger las viviendas con hipoteca.
- Vale, ¿que necesitas?

Me pide el contrato y mi vida laboral, vamos a mirar de hacer esa opción, aunque salgo sin fuerzas. En que lio me metí al querer reformar mi casa, tener una vivienda para mi madre que no estuviera cayéndose a trozos.

Mi casa no estaba mal, si no fuese porque estaba a punto de caerse. Era una casa antigua, baja de toda una planta, con tres habitaciones, un comedor, cocina y un baño fuera de la casa, el cual odiaba, aunque durante mis peleas con mis hermanos o con mi madre fue mi salvación. Sonrío recordando aquellos momentos del pasado.

Teníamos un patio que llegaba hasta la otra calle, un pozo, una higuera, rosales, muchas plantas de flores, un porche y un garaje.

La decisión de hacer una permuta salió por que ya nos íbamos poco a poco todos los hermanos de casa y solo quedaba yo, así que decidí que mi madre tuviera un apartamento nuevo con baño dentro.

Nada que ver con lo que se acabó construyendo a lo que se decidió al principio, tantos contratos firmados y tantas modificaciones que al final me la metieron doblada, como se dice vulgarmente. En la última permuta o contrato para la entrega de las viviendas hubo modificaciones de las viviendas que ya no me gustaron nada, pero sinceramente, no me di cuenta de lo que firmaba.

Aún recuerdo el día de la firma final en que la notaria preguntó varias veces lo de permitir hipotecar el terreno para construir, ¡joder! Cuantas veces lo dijo y no me di cuenta, esas palabras vienen en la distancia del recuerdo a mi cabeza.

No hay que dejar que los problemas me hundan, me voy a dormir, mañana comienzo a trabajar en el tour operador y esto se solucionará seguro.

Mientras pasan los días mi abogada Teresa me va informando de los inconvenientes que se va encontrando, de la lentitud de la justicia, del banco, etc.

Mi ex quiere volver y decide enviarme miles de mensajes de amor, de arrepentimiento de enfado, de frustración y así va variando todo el tiempo.

A veces me llegan al corazón otras veces me digo que esto no es lo que quiero en mi vida. Quiero seguir mi camino sola.

En el nuevo trabajo estoy bien, he solicitado hacer de guía acompañante a los grupos de alto standing. Con mi compañero de trabajo de grupos hemos continuado mi agencia de viajes on-line, estamos captando cada vez más clientes.

Mi compañero no es un hombre guapo pero si es muy simpático siempre me dice que de la amistad no pasamos, se llama Alberto y es italiano, es tan cariñoso que parece un hermano siempre dándome abrazos, siempre atento preguntándome como estoy y cómo van los problemas.

Gracias a su cartera de amigos con dinero conseguimos organizar viajes de lujo personalizados

En el nuevo trabajo viajo bastante a Paris, Londres, Italia, ferias de Turismo internacionales y nacionales, Viajes de Empresa, viajes de grupos, viajes individuales, viajes y más viajes. No paro de hacer y deshacer maletas.

En Londres Alberto y yo nos vamos a la fiesta del Hardrock café.

- Venga, vamos que llegaremos tarde – Alberto me dice nervioso.

- Ya voy, jolines no me metas prisa – le digo mientras acabo de maquillarme, me falta solo pintarme los labios. Los pinto de un color rojo pasión, me encanta el color rojo.

Hoy durante la feria Alberto ha conocido a Miss de Colombia y han quedado en la fiesta del Hardrock Café. En la última fiesta que estuvimos me lo pasé tan bien, había photocall, bebida gratis, música y mucha gente nueva simpática.

Con mi vestido negro ajustadito, taconcitos, pillamos un taxi negro típico londinense dirección a la fiesta.

Nada más llegar nos preguntan nuestros nombres y a nuestra derecha vemos un muñeco hecho de hielo, es un transformer, donde tienes que poner la boca en la mano donde sale el vodka que una azafata muy simpática ha introducido el vodka en un agujero de la oreja y Adalberto nos bebemos 3 chupitos de vodka, contentos y mirando a toda la gente que hay, por supuesto el como loco mirando para todos lados y preguntándome si veía a la Miss, la cual no se veía por ningún lado.

Hay un concierto de un grupo estilo The Corrs, pero no son morenas sino todas rubias, cantan muy bien y bailamos, mientras estamos riéndonos con nuestra copa de cerveza en una mano y un canapé en la otra, conocemos a otros compañeros del sector, Adalberto comienza a estar más tranquilo y ya no me pregunta cada dos por tres por la Miss, parece que puso sus ojos en una chica brasileña muy simpática. Yo sigo bailando pasando de todo.

Cuando voy a la barra a buscar otro canapé, veo que esta toda la barra ocupada, pero sonriendo me hago un hueco empujando un poquito a mi derecha y un poco a mi izquierda:

- Perdón, perdón- cojo mi canapé y me vuelvo a la pista.

A la 01.00h regresamos para el hotel, nos hemos hecho fotos, conocido a mucha gente y mi compi se ha llevado al bolsillo tres teléfonos, entre risas me comenta cuando va a ir a verlas y me pregunta si creo que le han dado el teléfono porque estaban borrachas o porque de verdad les gusta. Vamos las típicas preguntas de inseguridad que solemos hacernos las mujeres.

Al día siguiente, último día de la Feria WTM, estamos reventados, el jefe nos pregunta que tal fue, nos miramos y nos reímos mientras decimos que muy bien.

Tenemos un día duro, tenemos que visitar los últimos stands y cerrar los últimos contratos que dejamos pendientes en España, aprovechamos la ocasión para reunirnos con los directivos, nos despedimos y quedamos en encontrarnos a las 17.00h en la nave 3 delante de la cafetería que hay wifi free.

Algunos directivos se me resisten a cerrar contrato y me las ingenio para decirles que no pasa nada, no hay prisa, mientras voy a hablar con empresas de su competencia para cerrar los contratos, lo digo todo tan convencida que cierro 5 contratos, agotada y exhausta, con un dolor de pies de los tacones y de haber dormido poco, ya que nuestro hotel está a una hora en tren de la feria.

Me siento en el punto de encuentro son las 17.15h y aún no han llegado.

- Hola, ¿aquí no hay canapés?

Esa voz, no puede ser, me giro y cuál es mi sorpresa que veo a ¡Oscar!

- HOlaaaa! – mi cara debe de ser un poema, está súper guapo, una camisa blanca, tejanos azul claro y esa sonrisa que hace que le brille la cara – pero, ¿qué haces aquí? Y ¿que decías de los canapés?

Me mira a los ojos y me pide cogerme la mano derecha para levantarme. Me hace dar una vuelta y dice sonriendo:

- ¡Madre mía! vaya transformación, ¿no? ¡Estás guapísima! Aunque ayer estabas espectacular.
- ¿Como??- le digo roja como un tomate y sudando a mares, noto como se me humedecen las axilas, por favor que pasa aquí, que alguien me lo explique, ¿estoy soñando?
- Ayer me diste un empujón cuando cogías un canapé, te iba a decir algo, pero fuiste tan rápida cogiendo el canapé y volviendo a la pista que cualquiera te paraba. Eso sí, me fije que bailas muy bien.
- Madre mía, que vergüenza. Es que estaban tan buenos los canapés que no podía parar de comer anoche – digo sonriendo tímidamente y notando calor y más calor en el cuerpo. Se queda callado y mirándome.

Llega mi jefe y se lo presento, pero por supuesto ya se conocen, resulta que Oscar tiene su empresa, no trabaja para nadie sólo para sus clientes. Cuando llega mi compi, se queda muy contento y me pide explicaciones de qué lo conozco, parece ser que es alguien importante y yo ni idea de que fuera tan importante.

Mi compi a solas y en confidencia me explica que tienen un hotel de lujo sus padres en Capri y que Oscar suele llevarle muchos clientes y que a veraneado más de un año el con su familia allí. Cuando dice familia, le pregunto qué tipo de familia, no vaya a ser que esté casado.

- No, que yo sepa, solía venir con su hermana o amigos de la universidad y los compañeros de baloncesto.
- A ¿si?, vaya este Oscar es una caja de sorpresas, pues lo conocí en mi viaje decisivo de cierre de relación en Peñiscola. Pero, no pasó nada, solo me animó a seguir mi camino en soledad o en compañía, que cualquier decisión sería correcta ya que sería mi decisión y de nadie más.

- ¡Que grande!, muy buen consejo. – me abraza mi compi, como siempre, dando abrazos, es como el osito mimosín.

La verdad es que recordar el viaje desde la distancia, ya han pasado 4 meses, me hace sonreír liberarte de la culpa y decidir algo en tu vida por tu único interés de estar bien y tranquila, eso está bien.

Aun y así mi compi durante el vuelo y durante las siguientes 3 semanas me pregunta por Oscar, me decía que le enviara un mail o que le llamara para darle mi número de teléfono. Siempre mi respuesta fue negativa, no quiero buscar a nadie, quiero que por una vez me encuentren. En todas mis relaciones siempre era yo la que acababa yendo al chico que me gusta, presentándome, hablándole, sonriéndole para que se acercara, llamándole, escribiendo cartas de amor y mira ahora quiero que sean ellos los que vengan, seguiré haciendo mi vida sin buscar, saliendo con amigas, haciendo las actividades que quiero y a ver qué ocurre.

Aunque estoy contenta que la vida haya vuelto a cruzarme con Oscar.

Felicidades

En mayo para mi cumpleaños mis amigas y yo nos vamos para Roma con Ryan air, han puesto unos vuelos a unos precios tan económicos que nos vamos de sábado a domingo por 20€, dormimos en un apartamento las cinco que cuesta solo 20€ x persona, estamos como locas en el aeropuerto.

Una de las loquitas de mis amigas llega tarde y tiene que coger el vuelo siguiente, la pobre le ha salido por 200€, si es que es un desastre. El día que llegue Claudia a la hora a cualquier encuentro será un milagro, es una amiga optimista, pase lo que le pase, siempre riendo, bailando aunque esté en la calle, sonriendo, de buen rollo, tiene ligues de chicos de edades muy inferiores a la suya, pero es una tía fantástica, una flower power literal ☺

En Roma nos lo pasamos genial, nos reímos, bailamos, y conocemos a dos chicos italianos que nos hacen de guía por el barrio de trastevere y nos llevan a una discoteca donde al acabar empalmamos para ir al aeropuerto, recoger maletas en el apartamento e irnos rápidamente.

Roma es una ciudad tan grande y tan bonita, que nos faltaron días para ver todo su esplendor, cada una de nosotras le gustaba visitar algo diferente, Claudia con su manía de entrar a todas las iglesias, Mabel comiendo fruta en cada parada. En la Fontana di Trevi todas tirando la moneda pero creo que esas monedas se la queda la gente que trabaja limpiando la fuente.

En fin fue un viaje relámpago y fantástico para unirnos en la amistad.

Llega el mes de Julio y agobiada con mi trabajo propongo a través de nuestro grupo de mail de irnos a Pamplona para San Fermín.

"Chicas,

¿Cómo lleváis la calor, que os parece un viaje relámpago de viernes a lunes a Pamplona?, nunca he estado para San Fermín, propongo llevar mi coche y conducir entre dos de nosotras para que no se nos haga tan largo, ¿Que os parece?

¿Nos vamos en dos días al norte?"

Sofía contesta al mail:

"Genial! si os parece bien vamos con mi coche que gasta menos gasolina y dormimos en el coche, quedamos el viernes a las 21h en la puerta de mi casa, hay que tener en cuenta que solo cabemos 5 o 4 con maletas

Contestan al mail 3 que no van y 3 que si vamos.

Son las 21h y estamos en su casa aparcadas y organizando el irnos en su coche.

- Sofía, tu vecina te está llamando desde la ventana. – se gira y mira a la casa de la izquierda.
- A me olvidaba deciros que ella también viene, ¿no os sabe mal, no?
- Que va, mientras siga nuestro ritmo no hay problema.
- Tranquilas, ya os contaré ella tiene alguien que la espera allí.
- ¿Como?? En el coche nos contáis – sonreímos todas con cara de complicidad.

El Peugeot 205 un coche antiguo pero resistente como dice Sofía nos lleva para Pamplona, lo bautizamos como el 205 4 estrellas.

Durante todo el trayecto nos vamos poniendo al día de toda nuestra vida, ya que no podemos vernos tanto como quisiéramos y cuando llega el turno de Elena, la vecina de Sofía nos quedamos con la boca abierta con su plan de San Fermín.

¡Quiere correr delante de los toros!, le decimos que está loca, que por mucha experiencia que tenga corriendo en maratones esto no tiene nada que ver, hay que tener spring y que mucha gente estará borracha. A pesar de nuestras advertencias vemos que su facción de la cara es "voy a hacer lo que me dé la gana", es la veterana del grupito, así que quienes somos nosotras para decirle nada.

Además resulta que Elena tiene una quedada con un compañero de trabajo y ahí es donde nos quedamos mudas... Que sepamos está casada y hasta es abuela, así que no opinamos, escuchamos lo que nos dice y punto.

Después de 6horas de hablar, cantar en el coche y sobretodo ponernos al día llegamos a Pamplona, es de madrugada y Sofía dice que como sea aparcaremos en el centro, así que se dirige hacia el centro, pero está todo vallado y no sabemos que hacer. Sofía para el coche y ve que hay un policía y le pregunta si puede mover la valla que vamos a dejar el coche al lado de casa de sus primos y nos dejan pasar sin más miramientos, locas de contentas y sorprendidas aparcamos en el centro del casco antiguo, por suerte hasta delante de un bar y cerca de una iglesia.

Salimos del coche para estirar las piernas y ver la zona, tenemos las piernas entumecidas, hemos hecho el viaje del tirón.

Sonrientes y mirando las calles que están vacías aun, ya que mañana comienzan las fiestas, atravesamos la plaza Iruña. Claudia sonríe como loca y nos dice:

- Mirad que chicos más guapos y altos - pobrecita mía, está más salida, pienso mientras la miro con cara de circunstancia.
- pues sí están bien, vas mejorando en el gusto Claudia - Sofía, comenta entre risas.

Levanto la vista y veo que hay 3 chicos mirándonos, como no Claudia les llama la atención para preguntarles si saben de algún sitio para tomar una cerveza.

Ups!, tierra trágame, cual es mi sorpresa! ¡No puede ser!

Moreno, alto, ojos claros.

- ¡Oscar! No me lo puedo creer. – comienzo hablando yo, con mi cara de sorpresa y con el corazón latiéndome a mil por hora.
- Madre mía, pero ¿qué haces aquí? – me dice incrédulo
- Pues eso mismo te puedo preguntar yo, ¿no?
- Jajaja pues con los amigos, una vez al año venimos desde hace unos 7 u 8 años
- Nosotras es nuestra primera vez en Pamplona y en San fermin.

Mientras hablamos, están sus amigos y mis amigas mirándonos con cara de alucine.

- Pues os va a gustar, ya podéis preparar el hígado para el alcohol y tomar café para aguantar despiertas
- ¿En serio? Bueno podríais ser nuestros guías, no?
- Jajaja
- Bueno os voy a presentar a Oscar chicas, un amigo "viajero" – les digo a mis amigas.
- Que calladito te lo tenías – me susurra Claudia al oído. Y mirándoles a ellos- que tal chicos? Que os parece que

vayamos juntos a tomar algo? Por cierto, me llamo Claudia, ella es Sofía y ella Elena.

- Hola chicas, Ismael el guaperas y el alto Chema

Después de las presentaciones y los dos besos, nos enzarzamos a hablar entre nosotros, para saber que hacen, que visitar en estos días. Nos hablan de que vigilemos nuestros bolsos y que no cojamos bebida que no sea nuestra, aparte de eso, disfrutar. Elena les cuenta lo de correr delante del toro y por supuesto le aconsejan no hacerlo, ellos nunca han corrido delante de los toros. Pero si han ido a verlo.

Pasamos toda la noche con ellos, nos preguntan dónde dormimos y les decimos que en el 205 4 estrellas y se quedan de piedra, pero no nos ofrecen dormir en el piso que ellos han cogido para dormir estos días de fiestas.

Nos despedimos a las 4 de la mañana en la plaza Iruña y mis amigas no paran de preguntarme por Oscar, que buen feeling, que se nota que le gusto, y cosas así que hacen que me agobien. Me cae muy bien, pero nada más, es lo único que llego a decirles.

Al día siguientes comienza la locura, nos aseamos en el lavabo de enfrente del coche, la loca de Claudia cuelga un tanga a secar en el árbol que hay al lado del coche. ¡Dios qué vergüenza! Hace sol y ya nos hemos vestido de blanco con la faja roja y el pañuelo rojo.

- Chicas el coche será el punto de encuentro si nos perdemos, si os parece bien quedamos aquí a las 15.00h, yo quiero dormir siesta para poder aguantar toda la noche despierta.
- Vale, me parece bien – dice Elena.

- Vale, pero si no vengo no os preocupéis, solo si falto el día de regresar – comenta Claudia

Nos reímos por las ocurrencias de Claudia, de verdad que esta mujer es un caso.

Nos dirigimos al centro y como no, comenzamos a beber, llevamos botellón en una mochila y nos sentamos en un banco en la plaza Iruña, está a reventar de gente, hace tan buen tiempo que la gente se sienta en el suelo, se tumba en las zonas verdes, todo el mundo con vino en una mano y risas por todas partes. Gente extranjera a mansalva y gente de todo el país.

Se nos presentan unos chicos de Madrid, uno de ellos le tira la caña a Sofía y ella parece receptiva, vaya una que ya ha ligado. A Claudia le ha dado por hacer piruetas, pino-puente y demás acrobacias para llamar la atención. Y lo consigue, se acerca la tv de pamplona y nos hace una entrevista:

- Hola chicas, podemos haceros algunas preguntas, es para la tv local.
- Si – decimos al unísono, menos Elena, ella se aparta no quiere salir en tv.
- ¿De dónde sois?
- De Barcelona – contesta Claudia y acaba acaparando todas las preguntas y la filman mientras hace sus acrobacias
- Gracias chicas, espero os gusten las fiestas, adiós

Se despiden y reímos de contentas saldremos en tv

Son las 18h de la tarde y ya hemos dormido nuestra siesta de 3 horas, comenzamos el botellón en el coche, le hacemos recoger el tanga a Claudia y le prohibimos que vuelva a colgar nada de lencería.

Claudia lleva algunas de sus pertenencias en una bolsa de plástico blanca, se ha vestido con una falda y un pañuelo estilo danza del vientre y un top de punto con agujeritos, vamos las 3 nos miramos, esperamos que no la violen, hay demasiado hombre en estas fiestas y borrachos la gran mayoría.

Sofía, Elena y yo seguimos con nuestro trajecito san ferminero ☺

La noche es una locura, bailamos toda la noche, entramos en varios locales de todas las calles, vemos una calle pro-eta, otras calles de música rock, otras calles con música variada y electrónica.

Pero al final nos quedamos en el Bar Iruña, nos gusta hay mucha gente y muchos tíos nos tiran la caña. Elena a las 02.00h desaparece diciendo que nos vemos mañana a las 15.00h en el coche, ha quedado con su plan, no sabemos quién es él ni donde van a estar, esperamos que todo le vaya bien.

Sofía y yo seguimos bailando y de repente alguien me coge en volandas, es Oscar, este hombre me sorprende cada vez que le conozco más. ¡Está loco!

Le digo que me baje y me dice que no, que no peso nada y que bailará así conmigo toda la noche.

Me rio, no puedo parar de sonreír y de mirarle a los ojos. Va vestido de san ferminero también y me hace gracia, porque ya le he visto en plan ejecutivo y casual, pero el traje este le marca una espalda, ese pechito lobo, con un poco de vello saliendo por su camisa toda manchada de vino. ¡Vaya hombretón!

Bebemos vino de una "bota" típica de San Fermín, no sé cómo Sofía desaparece con uno de los chicos de Madrid y me dice que nos vemos a las 15.00h en el coche.

A Claudia hace horas que no la vemos, espero esté bien.

Oscar me dice que vaya con a dormir al piso, le digo que me parece bien, además estoy súper cachonda, no sé si será por el alcohol, por el buen rollo, porque está todo el momento pendiente de mí, pero quiero besarlo. No lo hago.

Vamos en autobús hasta donde están durmiendo, el piso es como un dúplex, abajo duermen los dos amigos y arriba vamos los dos solos, hay un baño y una cama grande. En el baño hay una bañera redonda y abro el grifo del agua, me quiero duchar, estoy muy bebida, todo me da vueltas, comienzo a quitarme la ropa y cuando estoy bajándome el tanga el me abraza desde la espalda, me agarra el culo una mano en cada nalga y noto su pene detrás, entre mis nalgas. Cojo con una mano el pene, pienso en decirle que coja un preservativo, pero ya lo lleva puesto. Me mete el dedo en la vagina y estoy lubricada y cachonda.

Me inclina hacia delante, me apoyo en la pared, en frente mío está la bañera, levanto una pierna y me apoyo en el borde de la bañera, Oscar mueve lentamente el pene por mi vagina y lo mete poco a poco, entra bien, cierro los ojos, me gusta sentir su pene dentro, me coge de las tetas y me aprieta hacia su cuerpo, noto su vello pectoral en mi espalda, se mueve adentro y afuera, lo noto todo, me gusta sentirlo dentro de mí.

Una de sus manos deja libre mi pecho derecho y recorriendo mi cuerpo con su mano, llega hasta mi clítoris, comienza a estimularme, me besa el cuello y mueve su cuerpo, me gusta, me excita.

- Relájate Berta déjame entrarte toda mi polla, ábrete y disfruta.

Uff, esas palabras abren la puerta de mi placer y me dejo llevar, no pienso en nada, cierro los ojos y siento su ser dentro de mí, noto como me sube el orgasmo por la ingle hasta explotar en mi clítoris, le pido que se mueva rápido, noto su pene, noto mi vagina abrazarlo. Me coge del pelo y le oigo jadear mientras mi cuerpo se convulsiona de placer.

Saca su pene poco a poco.

- ¿Estás bien?- me pregunta dulcemente, mientras me besa.
- Sí, me sorprendes – le respondo, con mi cara de borrachilla cachonda y todo lo dulce que me permite este estado de embriaguez.
- ¿Como? – me pregunta mirándome a los ojos.
- Me sorprendes, te veo en sitios donde no esperaba encontrarte, ahora también me has sorprendido. Creía que no podría relajarme nunca más en el sexo.

Me mira y sonríe, luego baja la cabeza hasta tenerme tan cerca que parece que quiera besarme, pero no lo hace.

- Vamos a bañarnos, ¿te parece bien? Estoy cansado.
- Si.

Me quedo seria mirándolo, pero al momento sonrío. No quiero pensar en lo que ha pasado, sino en que he disfrutado y mucho.

En silencio nos metemos en la bañera y sus pies acarician mis senos, me mira serio y luego sonríe.

- Sabes tienes unos pezones muy bonitos – suelta así como si nada por su boquita.
- Gracias. – me siento tímida, no sé por qué.
- Me voy a dormir aquí, vamos a la cama.
- ¿Ya?, pero si acabamos de meternos en la bañera.
- Lo sé, pero es que me estoy empalmando otra vez y …
- Y ¿qué, No te apetece repetir?
- ¿Quieres?
- Si

Se levanta mojado, empalmado me coge la mano y me hace levantarme, salimos de la ducha y me levanta y me sienta en la pica del lavabo, me abre de piernas y coge un preservativo del bolsillo de su pantalón que está colgado detrás de la puerta, se lo coloca y me mete la polla rápidamente y para.

- Perdona, ¿te he hecho daño?
- No.

Entonces con una mano abre más mis piernas, coge su pene, se coloca bien y me la mete profundamente, no tiene un pollote, pero tampoco es una mini polla, tiene el tamaño justo para mi vagina, se mueve en redondas, luego mete y saca y una de sus manos la coloca en mi clítoris comienza a estimularme, cada vez más rápido y de repente para.

- Tócate, quiero verte.
- Vale. – lo hago como si estuviera poseída, le miro a los ojos, me siento segura de mi misma, no siento vergüenza, me siento muy bien.

Meto dos dedos en mi boca para lubricar mis dedos y luego me toco con una mano el pecho y con la otra mano estimulo mi clítoris, cierro los ojos, necesito dejarme llevar, la borrachera se ha disipado y ahora estoy muy consciente de que estoy follando con Oscar. Respiro profundamente, jadeo, noto como se abre mi vagina, noto como va moviéndose a mi ritmo, vuelve el riego sanguíneo a mi clítoris, el clímax, jadeo y aprieto mis piernas a su cuerpo quiero que se mueva más rápido.

- Rápido más rápido, ¡o dios! ¡Sigue sigue!

Me corro, mojo y le mojo, le gusta, le veo sus ojos de lascivia, me mira y le miro. Se corre me viene un orgasmo mientras va quitando su pene poco a poco.

- Espera, déjamelo 10 segundos más dentro.
- Vale

Me corro de nuevo, ¡dios mío! Como siento su pene dentro de mí.

- Ya puedes salir, perdona.
- No hay nada que perdonar.

Sonrío y le miro. Se lava el pene y yo la vagina con agua calentita.

Desnudos nos metemos en la cama.

Feliz

En autobús regreso al centro, he seguido los consejos que me dijo, son las 15.30h y estoy en frente del coche. Veo que Sofía está también, Claudia también está y Elena aún no ha regresado.

No nos preocupamos por ella, Sofía dijo que se la había encontrado esta mañana y que nos veríamos mañana por la mañana antes de regresar a casa.

Entramos al bar de enfrente del coche para comer y ponernos al día de nuestras aventuras. La única que no suelta prenda es Claudia, pero sabemos que ha ligado.

Ese día se repite la misma historia, Sofía se va a mitad de la noche con su amigo y yo me quedo con Oscar, hay una mirada lasciva toda la noche, pero no me toca, no me besa. Es como un juego de seducción, de sonrisas, de miradas, de bailar y poco más.

Bebo mucho. Esta noche me siento borracha antes de tiempo, le digo que no me dé tantas vueltas que no me encuentro bien y me propone irnos ya.

Cuando llegamos a la habitación, con mimo me quita la ropa, me desnuda y me lleva al baño, me pasa el gel de baño por todo el cuerpo con sus manos.

"Me está bañando - hablo conmigo misma- estoy flipando, en serio me está bañando, Berta este tío te va hacer daño – me dice mi subconsciente- ojo peligro, que es muy bueno, pero no te besa, este tío es muy raro"

Mi cabeza está volviéndome loca, paro mis pensamientos, cierro los ojos y me dejo hacer. Que me quiere bañar, pues que me bañe. A disfrutar se ha dicho. Uff necesito agua fría ya, me estoy mareando.

-   Me mareo, dúchame con agua fría por favor.

No dice nada, me mira, enciende el grifo de la ducha y el agua está congelada y comienza por los pies hasta mi cabeza, se despiertan todos mis nervios, lo veo en frente de mi vestido aun, me mira en silencio, sonríe, debo de tener un careto.

Para el agua y coge una toalla, me envuelve en ella y desnuda y en brazos me lleva a la cama y me tapa con la sabana. Se quita la ropa y se tumba a mi lado, pasa un brazo por debajo de mi cuello y apoyo mi cabeza en su pectoral, paso una pierna sobre una de sus piernas y me duermo.

Me duele el cuello, he dormido no sé cuánto tiempo apoyada en él. Me muevo, me giro y se pone en forma de cucharita detrás de mí. Me vuelvo a dormir.

Regreso al igual que ayer, le dejo durmiendo y me voy en autobús para el centro, cuando llego al coche estamos las 3 pero sin Elena. Sofía está preocupada. No es normal que no haya llegado aún.

Nadie tiene ningún mensaje en el móvil, miramos en el bar y no está.

De repente Sofía recibe una llamada, del hospital de Pamplona, Elena está allí.

Corriendo nos cambiamos aseamos y vamos para allá. Nos dicen que le ha pillado un toro en la plaza, que había hecho el recorrido bien, pero le sorprendió de espaldas el toro. No oye bien debido a la contusión en la caída. Tiene la cara morada. Tiene un brazo roto y la pierna rasgada por la cornada.

Madre mía, cuanta gente hay en la misma planta que está ella, todos son por la corrida, caídas, sorpresas con el toro o arrollamientos por la gente. Increíblemente Elena está bien. Pero no podemos sacarla del hospital. Llamamos a su marido, para que venga a por ella. Nosotras tenemos que regresar, mañana por la mañana todas trabajamos. Eso sí, no nos vamos hasta que no llega su marido y uno de sus hijos.

En el viaje de vuelta estamos serias, sin habla, mira que le dijimos que no saliera a correr delante de los toros. Tal vez el karma haya creado esa situación, tal vez solo haya sido mala suerte, quien sabe. Pero, todas pensamos que lo que a ella le había sucedido se lo había provocado ella, con sus decisiones.

Al cabo de 4 días la dejaron salir del hospital pero ha perdido audición del oído izquierdo.

Cerrando una parte

Teresa por fin me llama, me dice que tenemos que reunirnos. Sólo encuentra una manera de solventar lo de las viviendas.

Son las 18h estoy sentada en su sala de reuniones, esperando a que entre.

- Hola Berta, perdona mi tardanza para solventar tu problema – me dice con un rostro serio y guapísima y perfectamente vestida como siempre.
- Dime Teresa, acabemos ya con este tema.
- Por más de que he intentado arreglarlo para que te devolvieran las viviendas libres de carga, no va a ver forma posible de que así sea, sobre todo al haber firmado que permitías hipotecar las viviendas, en ese caso te toca recogerlas con la hipoteca que queda de cada vivienda. Lo siento Berta, como ahora estás con contrato de trabajo puedes recoger la hipoteca y si quieres esta misma semana podemos ir a firmar para que las viviendas ya estén a tu nombre teniendo la hipoteca vigente a tu nombre.
- Bueno – digo resignada – si esta es la única solución, pues nada, habla con la notaría o con quien tengas que hablar y firmamos ya, me gustaría dejar esto cerrado.

A los dos días ya se ha parado la vía de embargo, me doy cuenta que el constructor me estafó, ahora estoy como la gran mayoría de los habitantes de este país con hipoteca, algo que esperaba que no pasara. Pero al menos no perdemos la vivienda. Me siento contenta al final de todo, un problema solucionado. ¡Vamos Berta! Para adelante a por el siguiente reto que te ponga la vida.

Todo está yendo bien, en el trabajo no me puedo quejar, en la empresa mi compañero y yo vamos a mil por hora, tenemos muchos grupos cerrados de estudiantes y de adultos, me encanta mi trabajo, organizar los eventos, los viajes y todo lo concerniente al viaje. A veces hay problemas con los autobuses, otras son los conductores que conducen demasiadas horas desde Italia a España o viceversa. En los recorridos dentro de la península siempre vamos dos conductores y yo voy con ellos cuando puedo.

Te das cuenta que sin los idiomas no vas a ninguna parte en el mundo del Turismo, cada vez son más exigentes los tour operadores ya que se quiere captar más ciudadanos y si no tienen un guía que hable su idioma no cierran el viaje contigo.

Uno de los circuitos que más se suele vender es Andalucía al completo, con sus tapas, su visita a Granada, Córdoba y Sevilla. Se dejan mucho dinero en la compra del aceite y jamón, lo bueno de viajar en autobús es que siempre puedes dejar tus compras en el autobús cuando regresas a casa, es cierto que se hace largo, pero les ponemos buenos hoteles y restaurantes para descansar.

Mi ex, de vez en cuando recibo algunos mensajes de amor, desesperación, de perdón, de enfado, frustración, espero se le pase pronto. Continúo en mi camino de aprendizaje a querer estar sola y tranquila sin que nadie interfiera en mi camino a la felicidad.

Estamos en Septiembre, día 30, son las 13.49h y recibo una llamada:

- Hola
- Hola, ¿quién eres?- digo extrañada, no conozco el número.
- Bueno he visto tu anuncio.
- ¿Disculpa? ¿qué anuncio?
- ¿No has puesto un anuncio?
- No. – digo extrañada y confundida.
- Pues alguien ha debido hacerte una broma de mal gusto
- ¿Perdona? ¿de qué hablas? – le pregunto nerviosa.
- Mira, disculpa yo te llamaba porque he visto un anuncio en mundoanuncio.com en sección de contactos, donde indica que eres ninfómana, adicta al sexo y que lo haces gratis
- Que!!!!!!???? – acto seguido me cuelga el señor.

Miro rápidamente en internet, pongo mi número de teléfono y alguien ha escrito un anuncio

"Mujer adicta al sexo, ninfómana, lo hace gratis" estoy acojonada, se ha colgado hace un minuto y mi teléfono vuelve a sonar, no conozco el número, lo cojo con temor y me vuelven a decir lo mismo.

¡Joder! ¿Quién ha querido hacerme tal putada? Durante todo el día recibo llamadas, por la tarde voy a los Mossos de Esquadra a poner una denuncia. Me dicen que me dirán algo. Pero es difícil saber quién ha podido ser ya que las direcciones de IP suelen estar redirigidas desde otros países.

Escribo 4 mails a la web para que bajen el anuncio, en un día he recibido más de 100 llamadas.

Lo hablo con mis amigas, si saben de alguien que pueda odiarme tanto como para hacer esa putada.

Ellas me dicen que nadie ha hablado mal de mí, pero veo en sus miradas algo, sé que me mienten, pero no quiero pensar en eso.

Vuelvo a desesperarme por la noche, el móvil no para de sonar, aún no han quitado el anuncio, llamo a un amigo que es hacker.

- López, ¿puedes llegar a averiguar de dónde proviene el anuncio? Resulta que alguien ha decidido gastarme una broma de mal gusto – cuando le explico todo detalladamente me dice lo mismo que la policía, que es difícil averiguar desde que ordenador, pero va a hacer todo lo posible para encontrar la raíz.

Estoy triste, me siento mal, cierro mi relación con mi ex después de sentirme más sola que la una. Comienzo un trabajo que me gusta. Soluciono lo de mi casa. Y ahora me hacen esta broma de mal gusto.

Al día siguiente por la noche cesan las llamadas, miro en internet mi correo, han dado de baja el anuncio y no me pueden decir quien ha podido colgar el anuncio, porque se ha eliminado, ¡Increíble! Se elimina y entonces ¿ya no tienen la fuente?, madre mía cualquiera puede hacer estas bromas de mal gusto.

Mi amigo López, me dice que llegó a averiguar que la fuente provenía de un locutorio de Granollers, una ciudad que está a unos 20 o 30 km de la mía, creo que se de quien es, ya que dos amigas que no se llevan muy bien conmigo viven allí. Sobre todo una de ellas es muy celosa porque sale con un amigo mío y parece ser que se le va la pinza. Aunque espero que no sean ninguna de ellas, ¿tanta maldad puede existir en una persona?

Al día siguiente voy a los mossos y me dicen que si sigo adelante con la denuncia y mi amigo confirma la fuente, es delictivo penal lo que ha hecho esa persona que publicó el anuncio con mi número de teléfono y puede llegar a ir a la cárcel.

Conduciendo dirección a mi casa, llamo a Miriam, una de mis mejores amigas y se queda sorprendida por lo sucedido, aun no le había dicho nada y además más sorprendida porque la hipótesis que tengo de quien puede haber sido le parece creíble. Ella también ha visto cosas raras por parte de esta persona cuando yo no estoy presente. Como llegar a decir que si yo voy a tal cena, cumpleaños o lo que sea, ella no va. Aunque rápidamente nos lo quitamos de la cabeza, mejor no pensar mal. Pero aun y así siempre te queda la duda, cómo leí una vez una idea una vez creada en el pensamiento ya no puedes quitarla de la cabeza.

Es increíble, que cuando crees que tienes amigas, luego te das cuenta que muchas no son como crees o como te demuestran a tu cara. Al igual que mi ex a mis espaldas hablaba mal de mí, esta amiga también. No podemos evitar que cada persona tenga su propia opinión, al igual que no podemos hacer nada con la gente que no le caes bien, por muy buena persona que seas siempre habrá alguien que potencie lo malo de una misma. Tal vez sea la envidia, desidia, odio ¿cómo hacer para caer bien a todo el mundo? No existe forma o gustas a la gente o no gustas, por eso no puede haber uniformidad en los humanos, todos diferentes en pensamientos, de ser, de gustos, etc.

Tengo la cabeza como un bombo, me va a explotar, estoy como bloqueada, no tengo ganas de llorar ni de reír de nada. Siento decepción, frustración de lo que me está sucediendo. Es algo que no olvidaré en mi vida, aunque haré todo lo posible para que solo quede en un capítulo de mi vida y no guardado en el rencor ni en el odio. Solo ha sido un suceso al cual no debo dar importancia, porque me crea un dolor de incomprensión del que lo único que depende de mí es como actuar desde ahora hacia adelante.

Si esas amigas ya no quieren ser mis amigas o deciden crear conflictos que se los queden ellas, yo continuo con mi vida, mi trabajo, otras amigas o lo que sea que me depare la vida

Vamos Berta, a otra cosa, cambiar el número de teléfono y ya está, una puerta cerrada mirando hacia ¡adelante! A dormir que mañana será otro día.

■■

¡Vamos!

Despierto y otra vez vuelven los últimos acontecimientos a mi mente, pero soy fuerte y lo mejor es no hundirse. Hay que seguir adelante, porque todo pasa, nada es permanente en esta vida.

Que esta persona que creía que era una amiga, ya no lo va a ser, solo hay que controlar esta mente loca que no para de dar vueltas a todo a lo que tengo a mi alrededor.

Parece que todo me da vueltas.

Oscuridad, no oigo, no veo, de repente una luz. ¿Me habré muerto? ¿Que será esto? ¿Extraterrestres?

Piiiiiiiii piiiiiiiii piiiiiiiiii piiiiiiiiiii piiiiiiiiii

Abro los ojos, era un sueño, todo ha sido un sueño, no me lo puedo creer. Es cierto que me ha pasado lo del anuncio ese sombrío, pero no tengo la absoluta certeza que ha sido alguna amiga mía la que ha hecho el anuncio. Así que, me mantengo un poco al margen de ese grupo, pero sigo hacia adelante aprendiendo a no confiar tanto en las amigas que tengo y me quedo al margen. Quiero conocer nuevas amigas.

Sonrío, decido enfrentarme al día. Me levanto de la cama, mi perra se estira a mi lado. Me miro en el espejo, enciendo la radio, cadena 100 suena con el programa de Javi Nieves y Mar Amate, mientras les escucho, me desnudo me meto en la ducha y sonrío.

Salgo de la ducha, me pongo la crema corporal, me perfumo, voy al armario saco un vestido elegante, cojo las medias y unos zapatos negros de salón. Me dirijo de nuevo al baño y me pinto los ojos, el rimmel y pintalabios de color rojo intenso. Echo perfume hacia mi cuello, bajo a la planta de abajo, me preparo el desayuno, café con leche con kellogs y salgo a la calle bella con la perra, tiene que hacer sus necesidades.

Regreso a casa, dejo a la perra y cojo el bolso, las llaves del coche y me dirijo hacia Barcelona a trabajar.

Mientras conduzco voy escuchando la emisora de radio, me encanta la sección de quien te tienta a las 09.30h, siempre sueño con que alguien llame y pida una cita conmigo, pero claro esto parece ya preparado. La sección de los niños me hace reír y siempre acabo riendo a carcajada limpia cuando entro a Barcelona dentro del coche.

Me miran los conductores de los coches de alrededor, pero me da igual, soy feliz y me importa una mierda lo que piensen los demás.

Me apetece salir del coche y bailar, como hacíamos cuando salía de fiesta con mis amigas los sábados por la noche.

Recibo un mensaje de Wasap y paso de leerlo, hoy voy a intentar desconectar del móvil.

Aparco el coche en el parking de la empresa. Bajo del coche sonriendo, subo al ascensor a la planta séptima, entro y saludo a mi compañero Alberto, comienza una hora antes que yo y acaba una hora antes.

Abro todos los emails las peticiones de grupos, organizo viajes todo el día y así va de tranquila y rutinaria toda la semana.

El fin de semana, se me hace cuesta arriba, nada de novios, nada de llamadas de las amigas, me he dado cuenta que si no las llamo yo no me llaman ellas.

Pero por suerte hay millones de personas en este mundo, así que me apunto a una web para conocer gente nueva.

Primero escoger el nombre, que difícil... Cinderella, como no, todos los cuentos nos han hecho un poco de daño a las mujeres, hacernos creer que existen príncipes cuando solo había uno y se lo llevó Leticia.

Pongo mi edad real, mis fotos sonrientes, ahora toca describirse y no sé qué poner. Escribo que quien me quiera conocer que pregunte, pero sí detallo que no quiero porretas, vagos ni viciados a póker o apuestas, a ser posible que no sea un asesino, ni un ladrón.

En la web indican que la inscripción es gratis, pero no es así, ya que si te envían mensajes no puedes leerlos. Acabo de inscribirme y ya recibo mensajes privados para conocerme, los cuales no puedo leer si no pago antes.

No quiero pagar, así que me paso el fin de semana buscando grupos por Facebook para hacer actividades, encuentro excursiones y una de ellas es al lado de mi ciudad Vic, así que me apunto, es para el domingo siguiente, hay apuntadas 15 personas con perros.

El sábado por la noche llamo a una amiga para decirle lo que me ha sucedido, es como mi hermana, quedo con ella y salimos de cena y discoteca por Barcelona. Bailamos provocando a todos los tíos que nos miran, acabamos bastante borrachas, me quedo a dormir en su casa y de camino a su casa en el taxi le cuento que me he apuntado a la página web y me anima a que pague y quien sabe, a lo mejor hay alguien interesante.

Ella conoce de amigas suyas que han acabado teniendo pareja a través de páginas webs.

Ya en casa de mi amiga, nos sentamos en el sofá y me comenta que está buscando tener un bebé con Jaime, su pareja, llevan dos años juntos, con algunos altibajos, parece que el otro día le dijo que ya se veía preparado para ser padre y ella loca de contenta le abrazo y le dijo de ir a la cama.

Bostezo.

- Cielo, tengo un sueño que no se me abren mas los ojos, tengo la sensación que te hablo con los ojos cerrados – le digo a mi amiga Alicia.
- Jajaja – se rie y me dice sonriendo – Berta, me estás hablando con los ojos cerrados desde hace un rato.
- ¡Venga ya!
- Que si, pero como no te callas ni debajo del agua te he dejado hablar – me dice Alicia riéndose todo el tiempo.
- Pues me voy a la cama, aunque tengo antojo de tomar leche calentita con Nesquik. ¿Tienes?

Después de tomarnos un Nesquik calentito nos vamos a la cama, yo a la habitación de invitados y ella a la habitación con Jaime.

No puedo dormir, estoy dudando si pagar o no en la web para saber quién me escribe.

Al día siguiente paso la mañana con Alicia y Jaime en su casa, charlamos, su marido es muy divertido y a ella se le ve tan enamorada que me dan envidia. Después de comer me voy a casa.

En cuanto llego a casa voy con la perra a la montaña, subo hasta arriba del Montseny. Me siento a observar todo a mí alrededor. Que paz y que maravilla de vistas. La perra va oliendo todo. Yo miro mi móvil, hay algunas llamadas de mi ex para volver, al menos eso me indica por los mensajes de wasap. Ya no le contesto a sus mensajes. No siento nada y para que volver con el sí solo seríamos amigos, ya no me queda nada de amor hacia él.

Veo algunos mensajes de mis amigas:

- Guapi como va todo? – es Claudia
- Bien ☺ - le digo desde un estado de paz y tranquilidad.
- ¿Quieres quedar?¡ vamos a bailar! – me dice super happy como es ella.
- No me apetece estoy en el Montseny, he venido para desconectar y mañana trabajo.
- ¿Estás bien de verdad? ¿Tú en la montaña?- me escribe sorprendida.
- Sí, quiero ordenar algunos pensamientos. – escribo sonriendo.
- OK, pero si necesitas hablar, aquí me tienes.
- Gracias floreta – le contesto y le envío un emoticono con un beso.

Claudia, mi loquita favorita, siempre dispuesta a todo.

Lo mejor que puedo hacer es calmarme con toda mi situación, la casa no la perderé, ya que mi abogada ha conseguido que recoja las viviendas con las hipotecas que abrió el constructor.

Las amigas, pues vienen y van y me quedo con las mejores. Tal vez ya no esté en un grupo como antes, pero no pasa nada.

Y el amor ya vendrá, aunque luego cuando regrese a casa veré quien me ha escrito, total por 20€ , ayer me gasté más y los tíos que se me presentaron no valían la pena.

Así que decido pagar, la curiosidad me puede.

Curiosa

Veinte mensajes, comienzo a abrir uno a uno, los leo y luego me voy a sus perfiles, no me gustan los 5 primeros, son unos viejos, los 5 siguientes demasiado jóvenes, los 5 siguientes muy feos o no me atraen con sus fotos, 3 usan fotos falsas por lo tanto los descarto, 2 hablo con un chico de Alemania y otro, ¡ay madre! ¡No puede ser! ¡Es Oscar!!

"Hombre Cinderella ¿tú por aquí? ¿Buscando novio?"

Madre, madreeeee y ¿qué le contesto a este ahora? Miro a mi perra y me ladra como si me entendiera.

¡Me desconecto! Rápidamente paro el ordenador, me pongo la chaqueta dejo el móvil en casa, pongo la correa a la perra y me voy.

Necesito aire, respirar y ver que está pasando, no puede ser tantas coincidencias, tanto destino, ¿es posible?

Pero, ¿qué es lo que ha visto en mi?, vale soy simpática y me muestro tal y como soy y de verdad sin miedo a perder, ¿puede gustar eso a un hombre como él? Un hombre que puede estar con cualquier pivón. ¡Ains! Que me toca subirme la autoestima, ¡por dios! ¿Qué estoy pensando? ¡STOP! Voy a calmarme, que solo me ha escrito, eso no significa nada, lo que sucedió en San Fermín ahí se quedó. Respiro hondo. Mente en blanco, caja vacía, vamos vamos.

Sigo caminando por las calles de la ciudad, me apetece perderme con la perra, intentar dejar de pensar y sobretodo responder a su pregunta ¿"estoy buscando novio"? no lo tengo muy claro, pero porque si no estar apuntada en una web para conocer chicos. Supongo que en el fondo si lo deseo estar con alguien que me aprecie, que me quiera, que me demuestre sus sentimientos y su verdadera forma de ser sin miedos a ser gustado o no. Pero, muchos chicos no son así, se comportan como niños adolescentes, aunque ¿tal vez esa sea su verdadera forma de ser? Espero que no. Alguno habrá que tenga un poco de cordura y tenga un poco de madurez y desee ser padre y cuidar de sus hijos y mantener a su mujer amándola, respetándola y haciéndole sentir única.

Creo que leí muchos libros de cuentos de hadas o tal vez demasiadas películas rosas. Sonrío sola mientras mis palabras fluyen por mi mente sin parar. Veo que la gente me mira, pero me da igual, se les engancha mi sonrisa y me miran sonriendo.

Han pasado unos veinte minutos, pero deseo hablar con él. Me está comenzando a gustar esto de verlo en cualquier sitio inesperado y que me hable siempre, quiero darme la oportunidad de conocerlo. Eso sí no voy a parecer una desesperada, conecto al ordenador que me vea online a ver qué pasa.

Me preparo una leche calentita con Nesquik y mientras mojo unas galletas en la leche espero a ver si me ve y me vuelve a decir algo.

Me acabo mi leche y nada, no me dice nada. ¿Talvez deba responderle? Lo veo on-line que sea él que vuelva a decirme algo.

Me estoy desesperando, ¡han pasado ya diez minutos!, no me dice nada.

Apago el ordenador.

Pongo la TV, zapeo. Busco alguna película. Encuentro una película de esas rosas donde los hombres van detrás de las mujeres y tienen siempre ese carisma que sabes que pasará desde el principio, pero me quedo mirándola.

Acaba la película, enciendo el ordenador. Me pongo on-line en el programa. ¡Tengo mensaje!

"Hola, no sé si estás o no, me pareció verte on-line, pero creo que ya no lo estás. Estaba mirando las noticias en el ordenador y justo te iba a preguntar ¿cómo estás?, pero desapareciste de nuevo…"

Jopeeeee!!!! ¡No puede ser! Me ha hablado mientras miraba esa película chorra.

Vale, voy a contestarle, lo tengo decidido. Y, ¿ahora que le digo?

Releo sus mensajes.

Vale, entendido, contesto a su pregunta, es fácil.

"Hola, ¿Qué tal? ¿Cómo estás?, pues.." –

No no no no, así no. ¿Soy tonta o que me pasa?, ¡ay dios! ¿Por qué estoy tan nerviosa?

Ahora si:

"Hola, podría decirte lo mismo, ¿no crees? Coincidimos hasta en la sopa jajaja."

Eso ahí estoy contestando y como soy yo, un poco chulilla.

Ahora a esperar...

Pero, no le he hecho ninguna pregunta para que me conteste ¡Ay dios! A ver, ¿quiero que me siga hablando, no?, pues tendré que hacer que la conversación continúe.

Vamos a ver:

"Como esta página es para conocer gente para tener una relación de pareja, que te parece que ya que ..."

No, no me gusta. Más sencilla la pregunta:

"¿Cómo ha ido el día?

Sí, es bueno que preguntemos a los demás como ha ido el día.

Me gusta que me pregunten como estas o como te va el día.

Bueno, zanjo el tema de Oscar, voy a leer y a dormir, me recomendaron el libro "el misterio del solitario" y la verdad es que me está encantando, se lo tengo que recomendar a mis amigos de Facebook.

¿Se puede pedir mas?

Pasa un mes y las amigas del grupo dejan de ser mis amigas. Una de ellas ha cambiado su actitud hacia mí, parece que todo nace de su envidia o celos, provoca discusiones, malestar y hasta la rotura del grupo y partido en dos así se acaba la amistad con ellas. Aunque es algo que se veía venir.

Increíble que después de 8 años yendo con un grupo de amigas, por culpa de una de ellas que tiene envidia, celos o vete a saber qué, ha comenzado a hablar mal de mí y obviamente no a la cara, sino a la espalda. ¿Cómo puede tener tanta maldad una persona?

Me entero a través de que las chicas se van de fin de semana, yo llevo ese año sin ir mucho a los cumpleaños, no me alejo por que quiera, sino porque económicamente ya no puedo permitirme salir tanto, además estoy pagando hipoteca, tengo muchos gastos.

Aún recuerdo, porque esta cabecita loca no para de ir hacia atrás, hacia el pasado...

Después de tener una discusión enorme con Jose decido no ir a Sitges, donde están las chicas pasando el fin de semana. Me quedo en casa. Quiero dejarlo. No me siento feliz, no me siento amada. Pero, él me quiere, a su manera, pero me quiere.

Intenta conquistarme, el día de nuestro segundo aniversario me lleva al teatro, vamos a un hotelazo de 5*, de cena a un sitio precioso, por un segundo llegue a pensar que me pediría en matrimonio. Pero no, solo quiere demostrarme que me quiere con cosas bonitas. Yo deseo que mañana o pasado no vuelva a las andadas y esté más de 5horas ignorando que tiene una relación y se vaya con sus amigos de cenita, de copita y que llegue a las tantas, después de decirme que viene después de cenar.

Mi mente, no acaba de desconectar, no acaba disfrutando de lo bonito que es ese día, tengo miedo de cuándo acabará lo bueno. Al día siguiente cuando vaya a casa de sus padres y hablen mal de mí y venga nervioso y enfadado y lo pague conmigo.

Una pena que sea una relación que casi a muerto, si no fuera porque lo quiero y deseo tenerlo cerca, porque es bueno, porque lo amo sin saber por qué, porque tiene muchas cosas buenas, pero también tiene cosas que me hacen sentir sola. O ¿soy yo la que no sabe amar?

En fin, ese septiembre que las amigas se van de fin de semana, tres de ellas deciden ponerme de vuelta y media, hablando muy mal a mis espaldas, no entiendo que placer de felicidad y de amistad crea ese conjunto de critiqueo de hacerlo sin estar yo presente.

Me siento mal, frustrada y sin poder hacer nada. Todo esto me entero por una de mis loquitas amigas, que me explica que todo nace por un día que una de ellas habla mal de mí a su novio y yo envío un mail enfadada porque no entiendo porque una amiga habla mal de mí a su novio, es algo que aun no comprendo, tal vez fueran celos, quien sabe. La cuestión es que yo envíe un mail, no había wasap en esa época. Y digo que no entiendo porque hace alguien eso de meter a una tercera persona en una discusión de pareja. ¿Porque se decide hacer eso?

Ahí, yo fui la que creo malestar a una de ellas, la cual necesitó 7 meses después decírselo en Sitges, después de que la relación se ha roto, después de que ya es agua pasada. Entonces mal meten hacia mí, lo cual no entiendo.

Intento hacer frente a esas cosas, intento pasar de todo, pero con lo de casi la pérdida de la casa, el estar mal con Jose, ¿qué más se puede pedir malo? Esa época fue dura.

Así que cerré banda y me alejé de estas chicas "amigas" que hacían más mal que beneficio.

Algunas quieren que sigamos teniendo amistad. Pero yo no quiero nada, me parecen toxicas, personas que hablan a las espaldas, que ya no hay un respeto, ni confianza ni nada.

Ahora ya ha pasado, las he perdonado, me he perdonado, eso sí, he necesitado ayuda psicológica para poder aceptar y enfrentarme a la frustración de que no puedes hacer nada ante personas así. Antes situaciones que se te escapan de las manos ya que no dependen de ti. Un hecho, una palabra fuera de lugar, cada uno/a siempre da una interpretación diferente o igual de lo que queríamos hacer entender a la otra persona.

¡Madre mía! Pero que de vueltas le doy al coco. Ja! Estaba recordando a Jose y se mezclan las amigas.

Me voy

Estoy intentando reponerme de todo, las amigas ya no son lo que eran, me cierro en mi misma. Entablo amistad con una conocida, que se convierte en mi mejor amiga Esperanza. Nos vamos de viaje de crucero para desconectar, es mi cumpleaños.

Cogemos el avión y nos vamos para Madeira, desde allí sale nuestro crucero Royal cruise Princess.

¡Fantástico¡ nooo ! Lo siguiente, increíble es este barco, mi ciudad entera cabe en este barco, es de flota americana, viene desde Fort Lauderdle, Miami. Hay tal cantidad de viejos/as americanos, debe ser barato atravesar el gran charco en crucero, porque sino no entiendo que haya tanta gente mayor.

Somos las únicas jóvenes y solas.

Recorremos todo el barco de punta a punta, este viaje hubiera querido hacerlo con Jose. Pero como no, decidió jugar a Poker el día antes de irnos de vacaciones.

En fin, no voy a pensar en quien no está y en las que si estamos.

Mi buena amiga, está conmigo en todo momento. Decidimos comenzar con una cerveza en la terraza del barco, al lado del jacuzzi calentito ☺

- Berta, ¿qué te parece tomar cervecita dentro del jacuzzi?
- ¡Genial! vamos a por los biquinis, no? – sonreímos.

Y como si fuéramos unas quinceañeras vamos corriendo por el barco, hasta nuestro camarote, nos cambiamos. Cogemos unas toallas y otra vez a cubierta a por nuestras cervecitas y al jacuzzi calentito, vemos el atardecer. Cerramos los ojos miramos al cielo. No hablamos, solo disfrutamos del momento de estar desconectadas del mundo.

Es Junio y el tiempo no está para tirar cohetes de calor, el mar está movido. Por la noche no podemos dormir mucho. Después de hablar un rato nos ponemos a dormir. Mañana queremos recorrer el barco totalmente.

Las 8 de la mañana y vamos a desayunar, fantástico es navegar y ver el mar tan azul, la gente nos mira, han subido en Madeira algunas parejas, yo creo que se piensan que somos lesbianas, que no tengo nada en contra, pero al estar las dos solas, yo lo pensaría.

Nos fijamos en una chica y un chico, no sabemos si son pareja pero hacemos apuestas, yo digo que no son pareja, parecen hermanos y Esperanza dice que son amigos.

Por la noche coincidimos otra vez unos al lado de los otros en el restaurante. No decimos nada, solo nos observamos.

Vamos Esperanza y yo a un bar donde hay músicos tocando en directo, bebemos un gin tonic cada una, pasamos a sentarnos con unos chicos que resulta que conocen a la "pareja". Mi amiga le gusta uno de los chicos, le digo que creo que es gay. Pero no me escucha, el chico es muy simpático. Nos presentan a la pareja:

- ¡Ey parejita!, hemos entablado amistad con estas españolas, ¿qué os parece estar los seis juntos para ir a la fiesta de la tripulación esta noche?
- Porque nos llamas parejita? – dice el chico mirándome muy fijamente a los ojos – ya sabes que somos hermanos.
- Uy perdona Eduard, es porque sois chico-chica, no lo decía como en plan sois una pareja de novios.

- A vale, es que no quiero que esta hermosura – mirándome, ¡coñoooo! Que sorpresa, roja roja estoy – se piense que estoy saliendo con mi hermana jajaja.
- No no tranquilo, no pensaba nada.
- Y que tio, no nos vas a presentar a las españolas? O tenemos que llamarlas por su país de origen.
- Bueno bueno, relájate Eduard, parece que nunca hayas visto a una mujer – le dice su hermana – disculpar a mi hermano, me llamo Patricia y él es Eduard.

Nos damos dos besos, tal y como me decía mi sexto sentido son hermanos, una chica de casi mi edad y el chico menor que yo, son de Venezuela pero viven en Miami, su hermana vive en Barcelona. Y este viaje es un regalo que hace el chico a su hermana.

- Quiero un hermano así jaja. – le digo al oído a Esperanza.
- Pues yo quiero tirarme a Eduard- me dice en plan loba.
- Jajajaa –no podemos evitar reírnos, si es que no puedo dejarla sola.

El chico se llama Eduard y ella Patricia son muy majos y desde el primer instante veo que el chaval me está tirando la caña. Estoy tan falta de cariño que me dejo mimar.

Esperanza la veo picada, parece que está molesta por mi situación y le digo que si no hubiera sido gay su amigo, estoy segura de que estaría contenta.

Me dice que posiblemente, pero no es el caso. Así que estoy más tiempo con Esperanza por el día y por la noche con Eduard, es un tío muy majo y cariñoso.

El día de mi cumpleaños organiza un comité de que todo el mundo está compinchado, para que no vaya a la habitación temprano y si después de tomar una copa después de la cena. Cuando llego, me encuentro ¡toda la habitación llena de globos! ¡Es precioso!, me quedo sin palabras.

Me acuerdo de Jose en el anterior cumpleaños estaba enfadada con él y se presentó en la cena de cumpleaños con un ramo de flores y me regaló una bicicleta, la cual encontré en casa nada mas llegar.

Muchas veces creo que yo no he sabido quererle.

Ahora ya es tarde. Ya tomé la decisión. Ya le dejé.

Eduard, comienza a agobiarme, quiere estar conmigo todo el tiempo. No quiero estar con el todo el tiempo.

Estoy deseando llegar a Barcelona, Esperanza se le ha pasado el enfadado. Las ciudades que hemos visitado ya ha estado ella y no quiere ir a visitarlas, pero disfruta de todas las comodidades que hay en el crucero. A visitar las ciudades voy con Eduard y Patricia.

Vaya viajecito y para postre cuando llegamos, este chico insiste en que quiere salir conmigo y venirse a vivir a Barcelona conmigo. Me agobio.

Cuando voy a Vic a ver a mi familia y acabar de cerrar los tramites de la agencia, aparece un día borracho Eduard, que se había bebido una botella de vino el solo. No sé qué hacer con él. Había hablado algún día sobre que podía venir a verme a Vic, pero vamos lo que no esperaba es verlo en tal estado, ¿Qué le pasa?

- Que te pasa Eduard? Siento que te hayas pillado tanto, pero no quería hacerte daño, entiéndeme que ha sido algo pasajero, ha sido un viaje precioso y me lo he pasado muy bien, pero..
- Peeeroooo sieeempree un pero – sonrío, hace mucha gracia verle con esa cara de descompuesto a las cuatro de la tarde, borrachito, pobrecito

- Perdóname Eduard, no quería jugar con tus sentimientos. Entiende que acabé una relación importante en mi vida hace un año – me mira, pero tengo la sensación que no me ve.
- Ven vamos a sentarnos, te veo muy mal Eduard, como es que has bebido tanto?
- Es que no encontraba el valor para venir a verte. Y me voy mañana por la noche a Miami y me hacía ilusión venir a vivir a España y estar contigo.
- Pero, si no nos conocemos Eduard. Además eres 10 años menor que yo. Creo que debes conocer a más chicas, no tengas prisa.
- Yaaaaa, peroooo quiero estar contigooooo – me dice con voz pastosa.
- Jajajaja – me rio, no puedo evitarlo.
- No te rías de mí.
- No cielo, me rio porque es una situación muy surrealista.
- Vaaaleee, oye me acompañas a la estación, quiero irme a Barcelona, creo que ya he hecho bastante el payasoooo y me siento maaaal.
- Si ahora vamos a la estación, venga mójate la cara en aquella fuente y vamos.

En cuanto se encuentra un poco mejor, lo acompaño a la estación de tren para que se vaya a casa de su hermana. Me odiará, me odia. Otro más para la colección de gente a la que no gusto, ¿qué vamos a hacer? Nada.

■■■

¡Venga hombre! ¿Rendirse? ¡No!

¡No me paga Maremoto Buses!

¡Hay que pagar la hipoteca y prestamos de creación de empresa!

He estado mirando por internet trabajo, ya que el cabrón del Maremoto me ha dicho que ya no tiene dinero ni para pagar a los choferes de los autobuses, que no sabe si tendrá que cerrar la empresa.

Así que me veo otra vez en la calle.

De verdad, si es que todas las desgracias vienen juntas.

Bueno, tengo que hacerme un horario cada día, para ver cómo me organizo para encontrar trabajo. Primero es estar 3 horas cada día, me pongo de 15 a 18h de lunes a viernes a echar CV por internet, me apunto a todas las páginas webs de ofertas laborales.

Rehago mi curriculum, me preparo dos cv's ya que tengo lo de turismo como experiencia y estudios y otro con la preparación de administrativa, lo del master de sexología no sé si ponerlo, dudo muchas veces. Más bien lo comento el hecho de haber montado empresa de juguetería erótica y tapersex, no tengo muy claro de que esté aceptado por la sociedad actualmente, por mucho que se diga que somos un país democrático y con igualdad de condiciones, las mujeres siempre tenemos que demostrar el doble de lo que valemos en el lugar de trabajo y siempre tenemos que enfrentarnos a las miradas de algunos hombres de poder que se creen que solo por ser hombres pueden mirarnos por encima del hombro. Pueden sublevarnos diciendo como vestir, decirnos que es mejor para nosotras. ¡Que sabrán ellos!, que se pongan una minifalda, una falda, una camisa, unos tacones o unos zapatos planos, verán la diferencia social de unas a otras. Obviamente hay mucha gente mala, mal intencionado y envidiosa que crea malestar entre las propias mujeres. Muchas opiniones de mujeres son para criticar a otras. ¿Qué haces al respecto?, nada o le dices

- Mira guapa, ¿quién te crees que eres para criticar a una mujer como tú?, por ser más guapa, más delgada o mejor vestida que tú. De subestimar a una mujer por ser diferente a ti, más fea, más gorda o como quiera ser ella.

En fin, creo que es momento de cambiar y de vestir como desees, hacer lo que te dé la gana, sin miedo a las críticas y si te critican ponerles un espejo, y que comiencen por ellas mismas.

Una de las webs que encuentro es para buscar trabajo en el extranjero, tal vez mire para ir Alemania, siempre te venden el país como que siempre hay trabajo. Que no falta gente que quiera trabajar por el país.

Lo malo el idioma. No tengo ni idea de Alemán. En la web indican que si te empadronas allí te pagan clases de alemán.

Me llaman para hacer entrevista en Lünen, tengo que volar hasta Dortmund y allí coger un bus hasta la ciudad de Lünen. Pues ahí voy.

Es lunes las 6 de la mañana aeropuerto de Barcelona, estoy en la terminal de Ryan Air y esto ¡no puede ser!!.

- Buenos días – le digo a Oscar.
- Hombre! ¿Qué haces tan temprano en el aeropuerto? – me pregunta como si me viera todos los días.
- Me voy a una entrevista de trabajo – le digo lo mas tranquila posible, ¡¡tengo calor!!
- ¿Aquí?
- No, me voy a Alemania, aquí no encuentro nada. – le digo encogiéndome de hombros.
- ¿En serio? ¿Qué pasó con la última empresa? – me dice realmente sorprendido.
- Pues que decidieron hacerme carta despido por que ya no tenían dinero, según ellos. Yo creo que ha sido una mala gestión por parte del dueño. A muchas personas les ha pasado eso, que mientras va bien la empresa, creen que no habrá crisis.
- Sí, eso parece que le ha pasado a muchas empresas, gastar la reserva en banalidades que no necesitan, sin pensar en el mañana. Y cuéntame, ¿de qué es la entrevista?
- En una agencia de viajes outcoming, como lo que hacía aquí pero al revés.
- Es decir que los alemanes se van fuera del país.
- Si y necesitan personal que hable inglés y español. El problema es que no tengo idea de alemán. Pero me

comentan que no hay problema, ya que me pagaran unas clases de alemán.

- ¡Jodo!, que bien, me alegro, espero te salga bien la entrevista. Me tengo que ir ya, cuídate. – me abraza y mis piernas parecen flanes.

¡Que abrazo tan rico! Como diría una amiga. Sólo un abrazo, ains, que faltita estoy de cariño, no lo soltaría pero tengo que dejarlo ir.

¿Porque la vida a veces te hace estos juegos? ¿Qué quiere decir el encontrarme todo el tiempo a Oscar, en todas partes dónde voy? ¿El destino existe? Ya pensaré esto mañana como decía la O'hara en "Lo que el viento se llevó".

En el aeropuerto el taxista es guapísimo, un rubiales con unos ojazos azules, ¡por dios! Este es mi futuro país.

- ¿Dónde la llevo señorita? – me dice en inglés.

Le doy un papel con la dirección de las oficinas.

- ¿Una entrevista de trabajo? – vuelve a preguntarme en inglés.
- Si. – me siento tímida siempre que me hablan cuando no me lo espero.
- ¿Española? – me dice en un perfecto español.
- Si – sonrió- ¿sabes hablar español?
- Sí, mi madre es española, se enamoró de mi padre y aquí estoy yo.
- A muy bien, ¿llevan muchos años juntos? – pienso ¿porque le he preguntado algo tan personal? Si es que no tengo remedio.
- Si, 32 años. Y espero que unos cuantos más. Ella es del país vasco, San Sebastián y mi padre era de Múnich, pero por trabajo se vinieron a vivir a Dortmund.

Durante cinco minutos nos quedamos en silencio, miro por la ventana el paisaje gris, nublado y frio, con el solecito tan rico que había en Barcelona.

- Ya estamos cerca de las oficinas. Si no le importa señorita, puedo recogerla cuando salga. – me dice sonriendo.
- Gracias pero no sé cuánto tiempo voy a estar en la entrevista y no quisiera hacerle perder dinero. – le contesto sonriendo igual, si es que esto de sonreír se engancha.
- Tranquila, le dejo mi número de teléfono, les dice que me llamen así usted no tiene que gastar. Para mi será un placer volver a verla. – me dice sin dejar de sonreír. Jolín, que calor tengo, esto no me lo espero. ¡Toma ya!, roja como un tomate, ¡ay!, ¡las calores!, ¿qué le digo? - Vale, pues le llamo cuando salga.

Impresionada, sorprendida, espero gustarles tanto a la empresa como a este rubiales. Cuando sale del coche para ayudarme a coger la mini maleta, pienso quedarme tres días a ver si me puedo apuntar a alguna empresa de trabajo temporal y saber cómo estamos los españoles en Alemania.

La entrevista ha ido bien, una rubia altísima y con tacones (¡ole! Por ella, no sé porque en España las altas no suelen llevar tacones), me ha hecho la entrevista y me ha dicho si me quedaba más días ya que hay tres procesos y el primero ya lo he pasado. Sin poder evitar salir una sonrisa le he dado las gracias y le he dicho que hasta que me digan que no me quedo en la ciudad.

Rápidamente al salir del despacho le digo a la secretaria que llame al taxista y en cuanto llegue al hotel tengo que ampliar una semana mi estancia en Alemania y tendré que comprar un vuelo nuevo, aunque me esperaré para eso, ya que Ryan Air no me permite cambios y no me apetece gastar dinero por que sí.

El guapo rubiales taxista está en la puerta, ahora que me fijo, está muy bueno, muy muy bueno.

Me fijo en sus manos grandes cuando mete la mini maleta, ¡ay dios! ¿Tendré ropa para tantos días?

Me fijo en sus ojos grandes y azul cielo que me miran a los ojos directamente desde el retrovisor, vamos yo creo que si pudieran hacerme el amor, me lo estaría haciendo en este momento,

¡Por dios! ¡Que calor! Para que luego digan que los nórdicos son fríos, serán claritos de piel, pero de fríos nada.

Camino al hotel me pregunta mi nombre, me dice el suyo se llama Markus. Bonito nombre y varonil, Markus, me gusta.

- Está muy bien ubicado su hotel, ¿puedo tutearla? – me habla siempre sin dejar de sonreír.
- Pues claro, cada vez que me hablas de usted, me siento taaan mayor.
- Perfecto pues le, perdón te tuteo y de mayor nada.- amplía su sonrisa

Ensimismada en mis pensamientos, mientras miro por el retrovisor mi cabeza no para de pensar:

"¡uy! Que dientes tan blancos y perfectamente alineados sin torceduras, ¡madre mía! Está como un tren. Esto de madrugar e ir tan nerviosa por la entrevista no había apreciado bien a este tío. ¡Cómo está el taxista!"

- ¿Se va a quedar más días? – me pregunta.
- Sí, una semana, me han dicho que he pasado el primer proceso.
- ¡Felicidades! Entonces, te gustaría quedar un día conmigo para tomar una cerveza y de paso te enseño un poco la ciudad?

- Pues.....- ¡que directo! - Sí, ¿porque no? Además tal vez puedas ayudarme a encontrar una oficina de trabajo, quiero averiguar algunas cosas, cómo ver que ayudas hay de integración social para extranjeros españoles.
- Si claro, yo te ayudo, te va bien que mañana te recoja a las 12h y ¿comemos juntos?
- ¿A las 12h para comer? Es muy temprano. Mejor cuando hayas acabado de comer o por la tarde cuando finalices de trabajar.
- Vale, pues quedamos a las 17h.
- Vale.

Cuando llego al hotel mientras subo en el ascensor, vuelvo a pensar que es muy rápido. Esto de quedar, a ver si va a ser un loco. ¡Dios! el día que deje de pensar tanto creo que podré estar tranquila.

Aprovecho el resto del día para aumentar mi estancia en el hotel, deshacer maleta, dormir dos horas, salgo a pasear y regreso al hotel, tengo un sueño. Hablo con mis amigas por wasap y les comento lo del taxista y lo de la entrevista. Y vuelvo a dormir hasta el día siguiente.

Inicio

El día me pasa volando hablando con el recepcionista del hotel, un chico francés muy simpático y amable me ha dicho donde tengo que ir a inscribirme, en la oficina me dicen que tengo que estar empadronada en un piso para recibir clases de alemán durante 6 meses, me ayudan a pagar los suministros mientras busco trabajo, pero obviamente hay que demostrar que estás activamente buscando trabajo.

Me dice que al tener dos idiomas: inglés y español tengo probabilidades de una salida laboral que otros extranjeros que hay en el país. La mujer de la oficina es muy amable.

Después de comer aprovecho para hacer una siesta, no sé si será el frio o qué, pero tengo un sueño horrible.

A las 16h me despierto, me arreglo y espero me venga a buscar mi taxista guapo.

Markus entra al vestíbulo con unos pantalones negros y camisa negra, que le quedan de fábula, huele terriblemente bien, me encanta los hombres que huelen a perfumes de hombre, no sabría decir que olor es, pero huele muy muy bien.

- Hueles muy bien – me dice.
- Gracias tú también.

Sonreímos. Nos damos dos besos, que buena costumbre tenemos los españoles, esos dos besos no me los quita nadie ☺

- Vamos te voy a enseñar la ciudad, eso sí esta vez te sientas delante.
- Vale- sonrío y lo miro. Ay madre! Que está muy bueno, este se viene a España y la cantidad de lobas que hay me harían sufrir. Pero, que estoy pensando! Si acabo de conocerlo y ya estoy pensando más allá, ¡malditas películas rosas!
- Anda, ¿es tu coche privado? – un BMW súper chulo, como no de color negro y asientos de piel blanca, pedazo de coche, luego cuando salga me fijo en la serie del coche, ¡jolín¡ con el taxista a ver si va a ser como los protagonistas de la escritora Megan Maxwell, que siempre parecen lo que no son.
- Si ¿te gusta? ¿Creías que iba a venir con el taxi?
- Pues si ¿muchos taxistas usan el taxi como coche su privado, no?
- La verdad es que algunos si, pero como ya hago muchos kilómetros con el coche del trabajo, me apetecía tener un coche que no me recordara al trabajo.
- Entiendo. Pues es muy elegante y bonito el coche.
- Jajaja gracias, no pienses que soy millonario ni nada por el estilo
- No no no, perdona pero un BMW en España es de alta gama y bueno sin querer esta cabeza loca, no para de pensar ni un segundo. Discúlpame.

- Tranquila aquí los coches alemanes son un poco más baratos que en España, al igual que SEAT aquí es más caro que en España y se considera un buen coche.
- Tendrían que oírte en el país, a ver si así compran más coches SEAT hay que potenciar nuestra marca buena de coche, vamos la única que yo sepa jeje.
- Si te parece bien comenzamos la ruta - me sonríe y otra vez me mira a los ojos. ¿Que estará pensando?

Son las 19h después de pasear por la ciudad en coche y de vez en cuando a pie y no parar de hablar Markus, me doy cuenta que este tío es un 10. Estudió mecánica de coches pero no le convenció cuando comenzó a trabajar en el taller de su padre, pero si le llamaba mucho la atención los taxis, el conocer a gente desconocida, llevarles y sacarles un buenos días de vez en cuando, el que le expliquen su vida de vez en cuando, se parece mucho a la carrera de psicología. Escuchas y callas de vez en cuando das tu opinión cuando te preguntan.

Tiene 31 años, está soltero (eso espero) y tiene su propia casita, vamos un partidazo a simple vista.

Me lleva a un pub muy bonito que hay en el centro, la decoración es muy colonial, parece que estemos en México, es grande y con mucho verde.

Me prepara la silla para sentarme, que caballeroso, le sonrío y le doy las gracias. Y me contesta, "las que tú tienes". Me hace sonreír, que tonta debo parecer.

- Bueno te toca a ti explicarme tu vida.
- A ver, por donde empiezo o que quieres que te explique, estoy soltera, sin compromiso, en Alemania buscando trabajo y conociendo a un chico muy majo. Aparte de eso,

pues tengo una familia maravillosa, un piso alquilado porque no puedo pagar la hipoteca, buenas amigas, aunque menos que antes.

Hago silencio, esto de hablar de mi vida me incomoda. Así que le miro encogiéndome de hombros.

- Bueno, me has explicado un breve resumen que espero algún día se extienda.
- Tal vez quien sabe.
- Jajaja porque te muestras misteriosa, ¿me tienes miedo?
- Noo, que va, pero no te conozco mucho y es mejor explicar en dosis pequeñas creo yo.
- Vale, pues brindemos por las dosis pequeñas pero continuadas.
- Prost!
- Prost!

Hablamos de opiniones varias de la vida, de las amistades, de los ex's, picoteamos unas salchichas en salsa buenísimas y a las 22h considero que ya es hora de recogerse, aunque me hubiera encantado continuar, pero al día siguiente tengo que ir a dos oficinas y hablar con el ayuntamiento de Vic para que me envíen documentación.

Con mucha pena y después de darnos dos besos, le pregunto si puedo abrazarlo y por supuesto es el quien me abraza a mi primero, es un abrazo tierno, es más alto que yo, debe medir 185 más o menos, ya que yo con tacones me saca una cabeza. Es un abrazo largo, lo interrumpo porque comienzo a notar como se le hincha sus partes jeje.

- Muchas gracias por este mega abrazo.
- ¿Te puedo dar un mini beso en los labios?
- Si – le contesto tímidamente sonriendo.

Me besa, suave y rápido se separa.

- Espero volver a verte pronto, güten nacht.
- Güten nacht- buenas noches en alemán.

Siete de la mañana y comienza mi día con una sonrisa en la cara. ¡Ay! Que este chico me gusta, mis amigas me dicen despacio, que acabo de conocerlo Miss enamoradiza.

Mientras desayuno me llama Eleonora para decirme que tengo la 2ª entrevista mañana a las 11h.

Envío un mensaje a Markus para que me venga a buscar mañana para ir a la entrevista, me envía un montón de emoticonos de caritas felices y me da la enhorabuena y como colofón me dice que está esperando ansioso mi decisión de volver a quedar. Le digo que mañana a las 17h quedemos de nuevo.

No quiero enamorarme ahora, así que mejor será que esto avance un poco, al menos da besos suaves, ¿cómo será el resto?

Son las diez y media de la mañana, cuando llega Markus, me dice que estoy radiante para la entrevista, y cuando bajo del taxi delante de la empresa me coge por la cintura y me acerca a él y me da un mini beso.

- Para que tengas mucha suerte.
- Gracias- lo miro a los ojos, esta noche me lo tiro! Vamos que no pasa del minuto uno que lo dejaré seco, por dios que cachonda me ha puesto. – voy para dentro, hasta luego.

La entrevista ha ido muy bien, esta vez había un director y Eleonora, me informan al acabar la entrevista que también he pasado la 2ª parte del proceso. ¡Ay madre, Que bien!

Al salir de la entrevista, Markus está de pie esperando apoyado en su taxi. En cuanto lo veo sonrío y le grito:

- ¡Siiii! Segunda fase superada – Me siento como Penélope Cruz cuando le da el Oscar a Almodóvar.
- ¡¡Muy bien!! – Me dice con una cara radiante y me abraza. Me separo un poco y le digo que me lleve al hotel rápido quiero llamar a mi madre para decírselo.
- Por supuesto, nos vemos esta tarde, así que rápido te dejo en el hotel y me cuentas todo luego.
- Vale, gracias Markus.
- ¿Por?
- Ser tan amable. – y le doy un beso en la mejilla.
- Soy así.
- Gracias igualmente.

En cuanto llego al hotel llamo a mi madre para decírselo, aviso a mi hermana y mis amigas. Todas contentas por mí.

A las 17h cuando viene Markus, esta vez vamos a visitar otra ciudad cercana que se llama Lünen, muy bonita y pequeña la parte del casco antiguo y de nuevo vamos a una cafetería parecida a la que estuvimos ayer.

En la cafetería le detallo toda la entrevista. Y me comenta que no es habitual que después de acabar la entrevista den la respuesta inmediata de pasarla, suponemos que es porque estoy aquí temporalmente hasta que acabe el proceso.

Me comenta que si me cogen para trabajar, puedo vivir con él hasta que encuentre una vivienda.

- Me parece un poco precipitado lo que me ofreces
- Bueno, míratelo como si fuese que has encontrado una habitación de alquiler, pagamos a medias los suministros.
- Me lo pensaré, aún es pronto para buscar nada.

Durante unas horas hablamos de muchas cosas de nuestras vidas, decisiones y pensamientos. Hablamos de viajes de donde nos gustaría ir o vivir.

Le encanta España, el problema es el trabajo, pero bueno como decimos siempre, esto es temporal y esperamos remontar.

A las ocho de la tarde me deja en el Hotel, siempre soy la que dice de marcharse y me pone morritos con carita de pena, de porque no estamos más tiempo, le digo que tengo que prepararme para la 3ª entrevista, aún tienen que darme fecha, espero sea el viernes así no tengo que estar mucho más tiempo gastando dinero en Hotel y comida.

Cuando estamos frente al hotel, le digo que deje el coche aparcado, para que no moleste. Me mira a los ojos intentando adivinar que pienso, creo que es obvio.

Cuando estamos aparcados con el coche en marcha le pregunto si quiere subir a mi habitación, podemos hablar allí y así me ayuda con la 3ª entrevista.

Vamos no se lo cree ni el, pero asiente como en plan, lo que tú digas.

En la habitación, nos sentamos en la cama, cojo el ordenador y le digo, mira esta es la empresa, las funciones que me tocaría encargarme, etc.

Me da consejos y finalmente me dice:

- Creo que te cogerán, me da ese pálpito.
- Gracias. Y ¿si no me cogen? ¿No pasa nada, no?
- Bueno, te irás.
- Ya. – nos miramos, me retira el pelo de la cara. aparta el ordenador y me tira hacia atrás, mi espalda apoyada sobre la cama y se pone sobre mí. Me mira. Dice mi nombre, se agacha lentamente y me besa, me da un morreo como dios manda. Se levanta.
- Me encantaría hacerte el amor hoy, pero considero que es pronto. Me encantan tus labios tan bien perfilados y suaves, te los besaría todo el tiempo, recorrería todo tu cuerpo con mis manos.
- Para, ¿sabes lo que provocas con tus palabras?
- No, ¿Que provoco?
- Jopee, ¿tengo que decírtelo?
- Si
- Me están poniendo a cien. Te he hecho subir porque quiero más de ti, no solo besos.
- Me parece bien, pero hoy no.
- ¿Porque?
- No lo sé. Algo me dice que hoy no.
- Pues no veo a nadie ni oigo nada que te hable
- Jajajaj – se rio el joio- paciencia.

Mi cara es un poema, joppeee estoy cachonda quiero que me folles. Pero no puedo decírselo, así que le digo:

- Vale, pues nada.
- Tranquila, pasará, pero hoy no.

- Ya ya. Bueno, pues voy a hacer caso de tus consejos y entonces ya te puedes ir.
- ¿Me echas?
- Sí, estoy a mil y quería hacer el amor contigo
- Y,¿ ya no quieres?
- Si, jope no juegues, sabes que quiero, pero me aguanto.
- Vale
- Vale ¿que?
- Vale, que me voy.
- De acuerdo, una cosa, ¿me besas?
- Claro y te doy un abrazo también.

Ains! Parecemos ya una pareja, 3 días mas y nos casamos jajaja.

Después del abrazo se va.

Me tumbo en la cama. Estoy cachonda. Tengo mi mini vibrador, estimulador de clítoris en la maleta. Lo saco y me desahogo.

Un sonido

Tocan la puerta, estoy medio dormida, no he pedido nada. Me pongo el pantalón del pijama y una camiseta, después de auto estimularme me quedé dormida.

Abro la puerta. Está de pie en frente de mi puerta del hotel Markus. Mi cara es un poema, sorprendida le abro la puerta:

- Hola, ¿qué haces aquí? ¿Qué hora es?
- Las once.
- Han pasado dos horas sin verme y ¿ya me echas de menos?- le guiño un ojo y sonrío.
- Si, te echo de menos y me gustaría pasar si me lo permites.
- Si si, pasa.

Miro la mesita está mi vibrador, voy hacia allí y disimuladamente lo meto en el cajón de la mesita.

Me giro y lo veo mirarme.

- ¿Qué era eso?
- ¿El qué? – Digo sonriendo con cara de tonta.
- Eso que has guardado – da unos pasos hacia mí.
- Nada, bueno, mi vibrador. Es que me dejaste…- me tapa la boca con un beso.
- Tranquila, solo quería saber si era lo que me parecía. Túmbate.

Me estiro sobre la cama y se tumba encima de mí, me besa, me baja los pantalones, me quita la camiseta. Estoy desnuda, me mira, se levanta, me pone su polla delante de mi boca. Huele bien. La beso, la lamo y el mientras acaricia mi cuerpo. Sus manos están en mi clítoris. Me dejo acariciar, me dejo tocar, me dejo que me ponga su polla en mi boca.

Saca un preservativo de su bolsillo del tejano, se quita la ropa, deja el preservativo a mi lado y se agacha se pone de rodillas y me da besos por el pubis, me lame, mete un dedo en la vagina y luego comienza a rodear mi clítoris con su lengua, saborea se mueve, succiona, me hace hinchar el clítoris, reconozco cada partícula de mi piel, como se eriza mi vello corporal, quiero que me penetre, noto como aprieta mi vagina su dedo y me siento húmeda.

Se pone de pie, me besa, se incorpora y se pone el preservativo, me penetra poco a poco, cuando lo ha hecho me dice que me dé la vuelta:

- Ponte a cuatro patas.

Lo hago, me somete, me gusta someterme, me coge del pelo y me penetra. Con la otra mano me coge de la cintura para acercar más mi cuerpo a su polla. Me penetra del todo se mueve rápido mientras me abraza y una de sus manos va a mi clítoris, se mueve esa mano loca y me masturba mientras me penetra.

- ¿Tienes el juguete en el cajón?
- Si

Oigo que abre el cajón y enciende el vibrador. Me lo coloca en el clítoris, me hace llegar antes al orgasmo esa maldita vibración y jadeo y jadeo, siento me falta el aire, suelto el poco aire que me queda y vuelvo a coger aire con el jadeo, se mueve rápido y fuerte, movimientos de entrada y salida casi al completo, el vibrador al máximo de potencia, llego al orgasmo y me sacudo y ya no puedo aguantarme a cuatro patas, me quedo sobre la cama tumbada y el sigue embistiéndome, sigue follandome, sigo disfrutando, sigo gozando, múltiples orgasmos vienen a sacudiéndome el cuerpo.

Siento mojarme, siento humedad en la cama, se tumba encima mío después de un ruido como un león al rugir, un sonido que no esperaba que los hombres hicieran corriéndose.

Saca su pene, se pone a mi lado, sigo boca abajo, sonrío y le miro.

-   Gracias por la sorpresa – le digo extenúa mirándole.
-   Gracias a ti por permitirme conocerte.

Nos besamos, me abraza y nos metemos en la cama a dormir.

Oigo un despertador, no es el mío, estoy abrazada por Markus, no puedo moverme, lo despierto con besos.

-Markus, está sonando tu despertador.

- mmm si, lo sé.

- ¿puedes pararlo por favor?

- si si, espera un momento.

- no.

Abre los ojos, me mira, sonríe.

-   Vale – me besa y para el despertador. Noto su polla otra vez ahí, despierta.

Se va al baño, lo oigo hacer pis, abre el grifo de la ducha.

-   ¿Vienes?
-   No
-   ¿Porque?
-   No me quiero mojar el pelo.
-   ¿Por eso no vienes?
-   Si.
-   Vale.

Me levanto, me hago una coleta y me pongo un gorro de ducha, vamos anti sexy total. Voy hacia la ducha después de hacer un pis.

- Hola, soy bella como una camella - sonrío y le beso.

Me mira, me coge el culo.

- Mi culo y todo tu cuerpo serrano es siempre bella con gorro o sin gorro.
- Jajaja- sonrio y lo beso.

Me da la vuelta y me abraza debajo de la ducha, me toca el clítoris, me penetra sin preservativo, se mueve entra y sale, me coge de las tetas con una mano y con la otra toca mi clítoris, se agacha y pone su lengua en mi culo, en mi ano, su mano y boca en mi vagina, noto su lengua, sus dedos, se levanta de nuevo, me da la vuelta me pone frente a él, me penetra, pongo una pierna apoyada en lo alto de la bañera y la otra estirada, el me aprieta hacia la pared, me folla, mi gorro se mueve, me cae el agua por el cabello la cara, el cuerpo, me encanta su polla, me da mucho placer, me llena todas las paredes de la vagina, mis labios se mueven al unísono de su movimiento. Llega su jadeo fuerte y saca rápidamente su polla y se corre, me salpica su semen en mi abdomen.

Después de vestirnos nos despedimos tiene que ir a trabajar y yo sigo con mis tareas de hablar con oficinas de trabajo y llevar papeles. Miro pisos de alquiler y habitaciones para compartir.

Así me dedico toda la mañana a hacer mis tareas, después de comer, hago una siesta, hay que aprovechar ahora que no trabajo para dormir después de comer.

Recibo un mensaje de Markus de que hoy no podemos quedar, que está con sus amigos para ver un partido.

Yo aprovecho para hablar con mis amigas por Skype.

Al día siguiente me llaman para decirme que la 3ª entrevista es en dos semanas, así que aviso a Markus de que me voy mañana y regreso en dos semanas para la entrevista. Me contesta diciendo que le gustaría verme esta noche, así que quedamos a las 19h que pasa a recogerme por el hotel, me dice que me ponga el vestido más bonito y elegante que tenga en la maleta.

Tengo los vestidos de las entrevistas, no sé cuál es el más elegante, así que lo hago al azar tiro al aire los tres vestidos y cojo uno.

Uno negro que marca mi figura, de cuello barco y que me llega por encima de la rodilla.

Me compro unas medias de liga y decido no llevar ropa interior. Es mi regalo de despedida para él.

Cuando viene a buscarme con su coche, va trajeado y está guapísimo, ¡madre mía! Estoy cachonda solo verlo.

¡Ay su perfume, pero que bien huele el jodido!

Me abre la puerta del copiloto, me da la mano y me ayuda a sentarme en el coche. ¡Por dios! Que galante.

-   Estas muy guapa, quiero llevarte a cenar a un sitio muy bonito que hay en Dortmund. Espero te guste.

Mientras vamos hacia el restaurante me comenta como le ha ido el día y la anécdota de un hombre que se deja la cartera y el teléfono después de pagarle y "mi" Markus no se da cuenta hasta que acaba de trabajar de que se dejó ese cliente las cosas. Así que va a la dirección que ve en DNI para devolverle su cartera y una mujer le dice que es su ex. Entonces Markus decide no darle la cartera, no vaya a ser que su ex le haga algo malo.

Así que se va a la policía y les comenta lo sucedido a ver si el hombre está registrado en otro sitio y parece ser que sí. Así que le lleva a esa otra dirección la cartera y el móvil. El señor se lo agradece tanto que ¡le da dos besos, le invita a pasar a su casa y le da 130euros!

Si es que "Mi Markus" ¡es un sol!

Se para delante de un restaurante típico alemán, es como las masías del país vasco pero con mucho un clima peor que el norte de España.

Me abre la puerta un portero del restaurante, está guapísimo Markus, lleva una camisa negra que le favorece un montón y unos pantalones de pinzas, esta elegante y clásico, cualquiera diría que es taxista.

Nos dirigen a una mesa al lado de la ventana, donde se ve un estanque con patos y cisnes.

Durante la velada me habla de lo contento e ilusionado que está de conocerme:

- Nunca antes había conocido a una chica como tú, que pudiese hablar de cualquier tema, pudiéramos ir a cualquier sitio, tanto da montaña como ciudad, como un restaurante de lujo como un bar cualquiera. Me haces sonreír cada vez que pienso en ti y me encantaría volver a verte y por esta razón quería traerte aquí esta noche. Me gustaría que me permitieras conocerte más.
- Guau, que bonito lo que me dices. Volveré por la entrevista, pero no puedo prometerte nada. Aun no tengo definido si

me quedaré o si me contrataran. Necesito aprender alemán y no es fácil el idioma.

- Eso es lo de menos, yo te ayudo a aprender el idioma. Solo espero te lo pienses y ya me dirás tu decisión cuando regreses para la siguiente entrevista.
- Vale. Por cierto, ¡este lugar es precioso! Muchas gracias Markus por hacerme sentir tan especial.

Sonreímos, nos miramos a los ojos y nos besamos. Durante la velada hablamos de nuestros viajes, amistades, familia. De madrugada me deja en la habitación, después del restaurante estuvimos hablando dentro del coche y luego en el Hall del hotel. Hablamos todo el tiempo, a veces interrumpiéndonos, otras veces escuchando el uno al otro.

Al día siguiente regreso a España. Durante la primera semana Markus y yo hablamos por Skype, es bonito que un chico esté tanto por ti, sobre todo cuando te gusta. Pero, tiempo al tiempo que soy enamoradiza y esto parece un cuento de hadas, me pregunto cuando me llevaré el chasco.

Se lo comento a Gina, una de mis mejores amigas todas mis dudas que tengo hacia Markus y ella me aconseja lanzarme sin miedo, otra amiga me dice que sea cauta, poco a poco es mejor para ver si realmente vale la pena el chico.

En fin, decido ser yo misma e intentaré no tener miedo, se lo comento a mi hermana y mi madre lo de este chico y las dos me dicen lo mismo, poco a poco y que observe desde la distancia cómo se comporta, que al principio todo es muy bonito.

Me llaman para la tercera entrevista y definitiva, regreso en dos semanas a Dortmund.

Quien espera desespera

En el aeropuerto está Markus esperándome, que bonito, me regala un ramo de flores.

Ese día me presenta a una pareja de amigos, la chica es brasileña y su amigo alemán. Llevan juntos 6 años, se conocieron por internet. Ella se llama Susan y me cuenta como se conocieron, fue un poco locura, pero ella dejó su trabajo en un banco en Floridanapolis para venir a Alemania con Ross, increíble, dejar un trabajo estable en un país paradisiaco y caliente por uno frio.

El amor.

- Estaba pensando que puedes quedarte a dormir en mi casa estas dos semanas que estarás aquí. Me sabe mal que tengas que pagar un Hotel.
- No quiero molestar, además lo tengo reservado y esta noche la tengo que pagar si o si.
  Si quieres, vamos y pregunto si me cobrarían algo por cancelar el resto de días.

Acepta, soy fácil de convencer, pero me apetece estar con él. También es una manera de ver cómo se comporta, eso sí le paso la dirección a mis amigas y la matrícula del coche, por si acaso.

Abro los ojos, lo veo a mi lado durmiendo, no ronca por suerte para mí no podría dormir con alguien que ronca. Me levanto poco a poco para no despertarlo, me apetece una ducha.

Mientras me ducho, veo que se abre la puerta del baño, es Markus, está empalmado, abre la mampara y se mete dentro:

-   Guten morgen mein shchatz
-   Buenos días Mi amor.
-   Estas guapísima mojada, pero creo que te falta agua por aquí- pone la alcachofa por mi pubis y su mano se mueve por mi clítoris, mete un dedo en la vagina.

Jadeo un poco, apoya la alcachofa arriba, la deja en su sitio, el agua recorre nuestro cuerpo, me abre las piernas y mete su polla dentro en mi interior, lo vamos a hacer sin preservativo, es lo primero que me viene a la cabeza, pero no pongo objeción no digo nada. Me levanta las manos, me penetra, me besa el cuello sigue penetrándome, mi espalda está apoyada en la pared siento el frio, el calor y el agua. Siento todo su pene dentro, me gusta cómo se mueve, me gusta me coja ahora el culo y me levante para estar accesible a él. Para penetrarme hasta el fondo.

La saca muy rápido antes de correrse, me siento húmeda, mojada, caliente y le beso con lengua, un beso largo, cierro los ojos, me dejo sentir y poco a poco me alejo dándole besos.

El Día de la entrevista.

Súper nerviosa, con un traje de chaqueta y falda entallada hasta las rodillas, me presento en la tercera y última entrevista de la empresa.

- Buenos días señorita.
- Buenos días – digo con firmeza.
- ¿Dígame que le ha parecido las anteriores entrevistas?
- Bien
- ¿Está cómoda?
- Si
- No lo parece, mire le comento esto porque lo que buscamos también es una persona social que sepa comunicarse en momentos de estrés, que aprecie que forma parte de una empresa que la apoyará a mejorar laboralmente y que además esperamos que la persona desee quedarse.
- Entiendo.
- Dígame, ¿qué le ha parecido las anteriores entrevistas?
- Bien, no tengo ningún inconveniente en que me pregunte y aunque sea escueta en mi respuesta, de verdad me han parecido bien y estoy cómoda señor.
- Muy bien.
- ¿Cuándo podría comenzar a trabajar con nosotros?
- Cuando ustedes me digan. Actualmente, estoy medio instalada.
- ¿Qué quiere decir medio instalada?
- Pues que desde que llegué a Alemania he comenzado a ubicarme buscando un sitio para vivir y saber cómo funciona la búsqueda de trabajo aquí, cursos de idioma.
- ¿Y que le parece lo que ha encontrado hasta ahora?
- Bien, la verdad es que no me esperaba tantas ayudas, supongo que va bien el viajar y darte cuenta cómo funcionan otros países cuando quieres trabajar.
- Me gusta su actitud.
- Gracias.
- Bueno señorita, por mi parte usted ha pasado la tercera prueba, pero no solo yo opino, por lo tanto esta misma mañana le dará respuesta mi secretaría antes de las 14h.

Gracias por haber venido y tener interés en trabajar en nuestro equipo empresarial.

- A ustedes, gracias por la oportunidad de al menos hacer las entrevistas.
- Adiós
- Adiós.

Nos despedimos dándonos las manos.

La empresa me llama a las dos horas mientras estoy comiendo con Markus:

- Señorita, la llamo para decirle de que tiene que pasarse mañana por nuestras oficinas para firmar el contrato de trabajo, mañana le explicaremos con detalle sus funciones, horario, sueldo y cualquier duda que tenga.
- ¡¡Gracias!! ¡¡Mil gracias!!

Beso con ímpetu a Markus, ¡sonrío como loca, tengo trabajo!

Por fin comienzan a salir las cosas bien, envío mensajes a mi familia y llamo a mi madre para decirle que ya tengo trabajo, supongo que se apenará porque decido estar en Alemania, pero es un trabajo ☺

Al día siguiente me comentan mi horario y todos los detalles de mis funciones, lo mejor es que comienzo en dos semanas, tengo tiempo de volver a España coger ropa y volver, mientras esté bien seguiré viviendo con Markus, es una forma buena de conocernos.

Ese mismo fin de semana vienen los amigos de Markus, hacemos una barbacoa, son muy majos, y la mujer de su amigo me cae genial, al menos puedo hablar en español, ella ha tenido muchos problemas para poder convalidar su carrera Derecho en Alemania, pero está preparándose para examinarse de nuevo y conocer las leyes, es abogada. Según me comenta Markus cuando ella habla alemán casi no se le nota el acento de Brasil, está muy bien la verdad.

Espero poder conseguir hablar tan bien alemán como ella.

El lunes después del fin de semana con sus amigos regreso a España, me despido de todo el mundo, me voy y espero no regresar en bastantes meses, tengo ganas de cambiar de aires.

En Vic tengo una cenita con amigas y luego no podía faltar salir por Granollers, vamos al Sans, allí mis amigas y yo bailamos como descosidas. Todas me van diciendo de venir a verme a Alemania, que me echaran de menos y de vez en cuando nos abrazamos y se nos caen lagrimitas de vez en cuando, pero luego volvemos a bailar como si nada. Supongo que todo esto lo crea el alcohol.

Una semana después de haberme despedido de todo el mundo, como si no fuera a volver nunca, estoy en el aeropuerto con un montón de maletas y en una de ellas hay aceite de oliva y comida que ha hecho mi madre jajaja parezco como los antiguos emigrantes, pero es normal, el aceite de oliva en Alemania es caro, el embutido es diferente y el vino es caro. Los dulces que me ha hecho mi madre por suerte los compartiré con Markus y sus amigos porque otra vez hay barbacoa en casa.

Hablamos de que el tiempo en Alemania es frio y que me acostumbraré a ese clima gris, pero no lo tengo muy claro, echo de menos el sol y eso que solo llevo un día ya tengo melancolía. Que rara soy.

Esa noche hacemos el amor en el sofá del comedor, como si fuese nuestra primera vez, me corro unas cuantas veces, mojo todo el sofá, se queda mirándome como si fuese una Diosa, bueno así me hace sentir una Diosa del sexo!

Abro los ojos está dormido a mi lado, me apetece ducharme ya, me mareo un poco al salir de la ducha, que raro.

Tengo hambre, pero no me apetece leche con Nesquik, solo quiero té y cereales.

Me encuentro mal, supongo que es de los nervios de estos días. Mañana comienzo a trabajar.

Durante el día tengo acidez, no tengo hambre.

Markus comienza a preocuparse, me dice de ir al Médico.

Lo primero que pregunta el doctor es cuando fue mi última regla, le digo el día, lo tengo todo apuntadito y me dice que entonces tengo un retraso de 6 días. No me había dado cuenta, con tanto ajetreo de viajes y de las entrevistas.

Me hace una prueba de embarazo. ¿En serio ya hace un mes de mi última regla?

Estoy embarazada.

Salgo de la consulta, Markus me mira extrañado.

Hablamos dentro del coche.

Le digo que estoy embarazada.

Me dice que no quiere ser padre.

- ¿Qué has hecho? - me pregunta desconfiado.
- ¿¡Que!? – estoy nerviosa, triste, estado de shock.

- ¿Qué has hecho? Yo no quiero ser padre, no quiero niños – Me dice gritándome, nervioso y desconcertado.
- ¿Que? ¿De qué me acusas? – le contesto enfadada.
- Quiero decir que no estoy preparado. ¿Qué quieres de mí?
- ¿Perdona? ¿Estoy hablando con el hombre encantador con el que he estado estos días?
- Sí, es que no entiendo como ha pasado.
- Disculpa, lo hemos hecho una vez sin preservativo, ¿te acuerdas el día de la ducha? – mi cara es todo un poema, estoy flipando en toda regla.
- Sí, pero fue justo después de la regla.
- Si pero mira yo no he estado con nadie más. Tal vez algún preservativo estuviera mal, no lo sé. Lo que me duele mucho es tu actitud, como si yo te estuviera engañando o intentando hacer algo.
- No, bueno no sé, necesito pensar. Te dejo en casa y me voy.
- Vale.

Necesito pensar también, me va a dejar, me acusa de estar engañándole, pero que pasa aquí, que yo no he hecho el amor sola.

Llamo a mi hermana, a mis dos mejores amigas, no sé qué hacer. Durante el día me encuentro muy mal, Markus no ha regresado aun. No sé qué hacer ni pensar. Quiero dormir, quiero hundirme en el sofá y que me coma y que desaparezcan todos los problemas.

¿Qué hago?

Tengo más de 30 años y abortar me da miedo, pero acabo de comenzar a trabajar. Madre mia, ¿por qué se me complica la vida ahora?

Markus llega borracho por la noche, es muy tarde, me dice que no quiere hablar.

Yo insisto tenemos que hablar tomar una decisión pronto, la que sea, pero decidir algo.

Al día siguiente, sintiéndome como el culo, voy a mi primer día de trabajo, todo va bien, el maquillaje tapa mi cara de muerta, ojeras y hasta mi ánimo.

Disimulo todo lo bien que puedo y se.

Por la tarde cuando viene Markus a recogerme sigue con su cara larga, me dice que lo mejor es abortar, que no quiere tener niños. Le digo que también tengo que decidir para no sentirme mal psicológicamente. Pero su actitud me ha decepcionado mucho.

Dudo de nuestra exprés relación.

El fin de semana regreso a España, hablo con mi madre y me dice que actualmente las cosas no están para tener niños, pero cualquier decisión que yo tome ella estará allí para apoyarme. Todos menos una amiga me dicen de abortar, realmente mi situación económica es pésima, no tengo dinero ni para pipas, como voy a cuidar un niño.

Así que cuando regreso voy a un médico y me informo de todo lo que tengo que hacer para realizar un aborto. Mientras voy tomando otra decisión, la de dejar a Markus, no ha estado a mi lado, decidió irse a emborracharse antes que estar a mi lado, me acusó de cosas que no comprendo, parecía que yo quisiera hacerle daño teniendo un bebé. A veces, los hombres creo que olvidan que a la que le va cambiar la vida es a la mujer, tanto física como psíquicamente. A ellos seguro que les cambia, pero no se engordan, no notan los movimientos de un bebe en su barriga, no tienen cambios de humor, la comida no les afecta, no tienen vómitos, no dan el pecho, pero es si, cuando se acojonan, cuando les llega el miedo, acusan a su pareja de querer hacerle daño.

En la empresa, conozco una buena amiga Sarah, ella me ayuda a buscar una habitación de alquiler y conozco muy buenos/as compañeros/as.

El día del aborto, lo hago con unas pastillas en casa, Sarah se queda a mi lado. Markus dos días antes de abortar me dice que me quiere y quiere estar a mi lado, pero entiende mi decisión de estar sola. Y de no querer volver con él.

Lástima, demasiado bonito era para ser verdad.

En la empresa me entero de que hay una vacante para el año próximo en España, hago todo lo posible para que me la den.

Finalmente, pasan 6 meses y voy a regresar a Barcelona para un puesto de subdirectora de oficina de viajes de grupos.

Barcelona

Ya están hechas mis maletas y voy de regreso para Barcelona, increíble pero voy a echar de menos a mis compañeras, mis amigas alemanas, italianas, nos juntamos siempre cinco amigas locas que salíamos por Dortmund y a veces para hacer viajes de fin de semana. Algún que otro chico se me acercaba, pero lo que menos me apetecía era salir y conocer más chicos.

Markus estuvo un mes merodeando siempre a la hora de plegar en la empresa, pero me quedó muy clara su actitud. Totalmente decepcionada decidí parar de conocer a ningún chico. Eso no quiere decir que de vez en cuando permitiera conocer a alguien, es tan solo que desconfié de todos. Mis amigas no paraban de decirme que cambiara el chip, pero no creo que pase nada por estar un tiempo sola. Total, tengo todo lo que necesito, familia, mis amigas, mi perra, salud y trabajo.

Es primavera justo estoy volando el día de San Jordi, odio este día, ves a un montón de hombres comprando rosas para sus parejas y yo no tendré nada, jooo!!

Me siento un poco melancólica, mejor me pongo a escuchar música y no pienso en nada, a ver si llegamos pronto al aeropuerto.

Recojo mis maletas, ha venido a buscarme un amigo, es tan majo Justin es uno de mis mejores amigos, alto rubio, ojos azules, pero nada, no siento nada por este chico. Eso sí, lo quiero un montón como amigo.

Un mes antes de venir a Barcelona, comencé a buscar como loca un ático, me encanta ver el cielo y que mejor que vivir en un ático. Así que en cuanto metemos las maletas en el maletero de su espléndido Audi A3 vamos para mi nuevo piso.

- Oye, muy bien la zona donde vas a vivir con vistas al mar, no? – Me dice Justin impresionado por las vistas que hay, calles anchas, jardines, parques.

- Sí, no es muy grande el piso, pero está reformado y tiene unas vistas preciosas, ahora verás. Por cierto, he traído una botellita de vino alemán y un detalle más para ti.
- ¡Qué bien! ¿Qué es? – Me dice emocionado como un niño pequeño
- Chocolate jajaja que te pensabas, un bretzel? – le digo riéndome y guiñando un ojo a la vez.
- Pues mira con lo buenos que están. Podrías haberme traído uno
- Pues también y una galleta de jengibre jeeje.
- No tenías porque ya sabes que no me importa llevarte. Además hace un montón que no nos vemos, así me pones al día.
- Gracias! Eres un sol. – tiene razón nos vemos cada dos o tres meses.

Lo malo de la zona donde me he ido a vivir es que no hay mucha zona para aparcar, pero hay ambiente para salir a tomar un vermouth, para ir a pasear por la playa y cerca del centro en metro.

El piso tiene dos habitaciones, un balcón donde cabe una mesa y dos sillas, este da a la calle y se ve el mar, ese cielo azul desde la terraza grande por detrás del piso se ve el mar, un bloque de pisos esta en frente, pero no a la misma altura.

Por dentro está totalmente amueblado, estilo IKEA y además con todos los electrodomésticos. Así me he evitado tener que gastar un dinero en dejarlo preparado para irme a vivir.

Después de dejar todas las maletas, busco la botella de vino, saco dos vasos del armario, no hay copas.

- Bueno cuéntame ¿cómo va todo? ¿qué tal con Carol?
- Pues bien ya sabes mi vida es muy rutinaria, trabajo, niños, novia y viajes cada semana Alemania-España. Tú eres la que siempre tenías historias, ¿no hay nadie nuevo?
- No, la verdad es que después del chico alemán, ya no me ha apetecido estar con nadie.
- Y de aquel hombre que te encontrabas en todas partes, ¿no sabes nada?
- Pues la verdad es que no, mira ese hombre me gustaría conocerlo, pero, ¿cómo ponerme en contacto? Además si la vida me lo cruzó varias veces tal vez vuelva a cruzarse en mi camino, ¿no crees?
- Puede, lo que está claro es que tendrás que volver a salir más, porque a casa no creo que te venga.
- Si, avisaré a las chicas para que vengan y montaré una cenita a ver si así salgo.

Estuvimos charlando dos horas, salimos a pasear por la playa, tomamos algo por un chiringuito y de vuelta a la realidad solitaria, en casa con las maletas sin deshacer. Le doy un último trago a mi copa de vino, busco en spotify "sweet home" y ale a deshacer maletas y colocar todo.

Hogar dulce hogar

- Buenos días, este es su despacho, su asistente se llama Marieta, cualquier cosa que necesite no dude en comentárnoslo.
- Gracias, ¿cuándo tenemos la primera reunión para saber los objetivos y lo que necesitamos promocionar este año? – pregunto al subdirector que es quien me está enseñando la empresa e incluyéndome a mi primer día de trabajo.
- En diez minutos le enviarán el planning por correo electrónico.
- Gracias.

Me siento en mi despacho. Es grande con vistas al mar, está en la zona del 22@ ¡me encanta!

¡Guau! Por fin tengo un despacho, hasta una asistente tengo. Quien me lo iba a decir que viajar fuera haría que me abriera las puertas en mi país. Es bueno hacer cambios.

Dos semanas después vienen mis amigas a casa, Alicia, Esperanza, Mabel, Claudia y Sofía estamos todas las que somos.

Después de cenar vamos a un sitio a bailar, una de esas discotecas que hay que de ir bien vestiditas para que no paren de empujarte, que agobio siempre que voy no soporto eso.

Comenzamos a beber, es una forma en que no notas tanto los golpes y empujones, te conviertes en una más entre la multitud.

Mientras bailo como una descosida, un tío detrás de mí no para de darme empujoncitos, al tercer empujón mi mosqueo va en aumento, me giro rebotadísima:

- ¡Perdona! Podriaaaas?
- Hombre, ¿tú por aquí?

No me jodas, ¿es quien creo que es?, a ver enfocad ojos que no veo muy bien. ¡Dios mío! Llevo una taja como un piano.

- ¡¡¡¡No puede ser!!!, ¿¿¿OOOOscarrrrr? –Digo cuando mis palabras salen por fin de mi boca.
- ¿Quién sino? ¿Te pasa algo en los ojos? – Me mira, noto como intento enfocar, pero de verdad que me cuesta un montón. Sofía me mira y se ríe.
- No no, perdona es que estoy sorprendida, no esperaba verte aquí. Bueno, quiero decir, que es difícil encontrarte, perdona, quiero decir, que vamos, olvídalo.
- ¿Qué te pasa? ¿Estás bien? – Me habla muy cariñosamente o al menos eso me parece a mi
- Si si, solo que he bebido un poco.
- Ya veo – me mira sonriendo.
- Jeje, mira te presento a mis amigas – me doy la vuelta y solo veo a Sofia, no se donde están el resto.

- Sofía, es Oscar- le susurro al oído y ella se gira hacia el resto, las que no veía hace un segundo ¡joder! No voy a beber alcohol nunca desde mañana. Todas me miran preguntándome en cuchicheo, haciendo un corro
- ¿¿Cómo?? ¿es el??
- Si chicas es el.

Tan educado da dos besos a todas y me coge de la mano y me dice al oído, hoy no te escapas.

- ¿Perdona?- Tengo cara de póker, ¿he escuchado bien? Parad la música! ¡Que no oigo a este Dios!
- Pues lo que has oído, llevo meses pensando donde podrías estar. Y por fin el destino nos vuelve a juntar. No quiero que te separes de mí.
- ¿¿Perdona??? – A ver, a ver, creo que estoy en un sueño, me pellizco. Joder! Duele, esto es real. Ay ay Berta, que el alcohol te hace oír cosas como en un sueño.
- Ja jajaja, ¿se te ha comido la lengua el gato? ¿Que solo dices perdona?
- Perdona, jajajaj pero es que no sé qué decir, tengo las neuronas alcoholizadas y bailando por todo el interior de mi cabeza. – Le digo riéndome y flipando por toda la situación.
- Entonces será cuestión de bailar también externamente – me coge de la mano y me lleva a donde sea que me lleve, porque no enfoco bien.

No sé cómo lo hace, pero tenemos un hueco, bueno si se cómo lo hace, estamos en la zona VIP y ahí es donde bailamos y bailamos y hablamos, nos reímos, de que hablamos no tengo idea, la música está tan fuerte que a casi todo le digo que si después de decir varias veces "¿que?" o "perdona no te entiendo" hasta que se enciende la luz.

Un vestido, liguero y tacones

Ha pasado un mes desde la fiesta de las chicas. Oscar y yo quedamos varias veces, donde parecemos una pareja más que unos simples amigos o follamigos, el grado de confianza en todos los ámbitos sube rápidamente. Nos vemos cada dos días, a veces no es presencial ya que viaja mucho pero si por Skype.

Es viernes, las tres de la tarde y recibo un wasap de Oscar:

- "He tenido un sueño contigo la noche pasada ¿quieres saber de qué va?
- "Si, cuéntame a ver que sueños tienes ☺ "

"Eras famosa en el sitio donde estamos, todos te llamaban por tu nombre y me llevabas tú.

Era una fiesta de intercambio de alto nivel, todos vestidos de etiqueta y con antifaz.

Ibas vestida de negro con el estilo que te caracteriza, todos te miraban mientras bailamos y tomamos algo. Estamos hablando con otras parejas y te pido que me la chupes. Me la saco y te agachas para chupármela sensualmente mientras sigo hablando con el resto, de vez en cuando te voy mirando.

Íbamos a los sofás a follar como locos mientras otros lo hacen a nuestro alrededor. "

¡Joder! ¿A que ahora me va a mostrar una parte de él que no me esperaba y es que le van los locales de swingers?

No digo nada en dos horas, son las cinco de la tarde, le escribo:

"¿te gusta ese tipo de encuentros?"

No recibo respuesta hasta las seis de la tarde.

"Estoy abajo esperándote en el coche, ¿te parece bien que lo hablemos en persona?

¡Mierda!, no me gusta ese estilo de parejas, no quiero compartir, no quiero hacer nada de eso que ha soñado. Bueno, a solar sí, pero no en un local de intercambio.

Me despido de mi asistente y en cinco minutos estoy caminando hacia el coche, me siento nerviosa, me toco el pelo.

- Hola, que sepas que me tienes en ascuas – le digo con mi impaciencia habitual.
- Ja jajaja , tranquila mujer que no es nada malo de lo que vamos a hablar. ¿Dónde quieres ir?
- Vamos a la "Marmota" esa cafetería que me encanta de la calle Comte Borrell, siempre que voy siento paz. Así lo que sea que me tengas que decir, estaré calmada – sonrío y le beso.

Me pongo el cinturón y vamos a la cafetería, nos ponemos en una mesa que hay en la entrada del local.

Me coge de las manos, las junta y pone sus manos encima:

- Berta, quiero que sepas que me gustas mucho y he estado en locales de intercambio con otras chicas antes de comenzar a salir contigo este último mes.
- Vale, no me importa que hayas estado con otras chicas – le digo totalmente indiferente.
- Bueno, solo quería que lo supieras, tal vez ese sueño era debido a que me gusta, pero actualmente no tengo necesidad de ir a un local de intercambio.
- Vale y tanto misterio para ¿decirme esto?
- Como no sabía cómo te iba a sentar por wasap, prefiero decírtelo en persona.
- Pero, si tengo una propuesta que hacerte.
- ¿cómo?
- Mañana la recibirás por wasap y me gustaría me siguieras el rollo. ¿Lo harás?
- Jajajaja de verdad que eres rarito- le digo mientras me rio – Lo haré.

Cambia de tema y hablamos de cómo nos ha ido estos dos días sin vernos, así hasta ir a cenar y luego venir a mi casa. Todavía no quiero ir a su casa, prefiero que venga a la mía me siento más cómoda y aparte que madruga, que se vaya el temprano para su trabajo y yo sigo una horita más en la camita calentita, oliendo la almohada a él.

Al día siguiente después de las diez de la mañana veo que tengo un mensaje de Wasap en el móvil de Oscar:

"Y empezó a tocarme y decirme cosas y piropeándome sin saber que estaba otra más en el salón, de repente vino y se quedó blanca y yo descojonado. Luego se puso también cachonda ella y me la empezó a chupar y decía:

- Me encanta como huele hoy.

Se me hinchó la polla y yo pensando porque olía así...

Con lo que me gustan las mujeres. Su olor su piel. La curva de sus caderas que es la mejor obra de arte que existe"

Me quedé sin palabras, en este instante antes de leer el mensaje estaba en otras cosas importantes del trabajo. Creo que tendré que traerme el juguete al trabajo para desconectar de sus palabras. Espera una respuesta de mi parte. Le contesto lo siguiente:

"La mujer te pilla mirando a otro lado y decide follarte con pasión y brusquedad. Luego te da algún besito.

La vecina del piso de arriba que está muy gordita, cuando sube las escaleras hace sonidos que parecen gemidos. Todos los días pasa y todos los días le excita se le ve en la cara mientras cabalgo."

Me contesta:

"Gracias, hoy tendrás una sorpresa, ponte guapísima como siempre, vestido negro, tacones y liguero."

Cuando llega a buscarme, está tan pero tan atractivo, vamos a cenar a un restaurante de esos en que las mesas tienen faldones.

-   Y no te he atraído lo suficiente para que te acerques muy despacio a mi oído y me digas:

"Sígueme. ¿Me cojas de la mano. Me lleves al baño y te apoyes en el lavabo dándome la espalda. Mientras notas mi presión detrás de ti. Como mi mano derecha sube entre tus piernas desde tus rodillas muy despacio mientras mi mano derecha gira lentamente tu cara para después besarte en la boca?

¡Dios mío! Estoy húmeda, cachonda y miro a mi alrededor, hay pocas mesas es Jueves, busco la puerta del baño, quiero llevarlo a cabo su fantasía.

He visto donde está el baño, así que con una sonrisa muy pícara, le miro le susurro al oído:

Sígueme...

Me dirijo al baño, dejo la puerta sin pasar el cerrojo, dos minutos después entra Oscar. Y hacemos lo que me ha dicho en la mesa, pero finalizando en que me penetra muy lentamente, me tapa la boca para que no se oigan mis gemidos, sigo de espalda a él, pero le veo a través del reflejo del espejo. Cuando acabamos, se lava las manos, se coloca bien, no me doy la vuelta, espero a que se vaya. Sigo cachonda. En cuanto se va, me toco un poco mas, meto un dedo en la vagina y lamo el dedo, tengo sabor a preservativo y flujo. Me lavo con agua y me seco. Me recoloco el vestido, las medias y salgo como si nada a acabar de cenar.

Cambios

La noche anterior ha hecho que no pare de pensar en Oscar de una forma diferente, le envío un wasap:

"¿Qué piensas de anoche en el restaurante?"

Me responde:

"Cree que le sorprendiste, no esperaba que fueras tan interesante y se pudiera tener una buena conversación contigo"

Le respondo:

"Noto su pene duro, erecto, entre mis nalgas... lo siento jadear por mi cuello...

Me coge la falda y la sube mete su mano derecha hacia mis braguitas, las pone a un lado y mete dos dedos mientras con la otra mano me inclina hacia delante y con los pies me abre las piernas.

Levanto la vista y le miro a través del espejo, tiene una mirada fija, pasión lujuria todo transmite a través de su piel.

Olor a sexo, olor a más, quiero que me penetre y lo hace brusco y suave, tocando mi clítoris.

Besándome de vez en cuando en el cuello.

Me da la vuelta, me sienta en la pica, se arrodilla, me abre de piernas, pasa su lengua, sus labios y sus manos por mi vagina, coño, clítoris.."

Me responde después de una hora:

"Morena, no te pongas muy sexy esta noche que estoy más salido que la pipa un indio"

Esta noche quiero que estemos en casa, en Mayo comienza a hacer buen tiempo en Barcelona y hoy justamente parece verano, el cielo está despejado y organizo una cenita con fruta, chocolate, cava y algo de picoteo.

Me he puesto un vestido palabra de honor de color negro, tacones de vértigo y sin nada de ropa interior.

Estamos uno en frente del otro en la terraza, velas a nuestro alrededor y después de un silencio me mira y suelta:

- Morena, cuando te cogía del pelo solo podía pensar en levantarte el vestido y follarte por detrás.

Se agacha frente a mí y coloca su cabeza entre mis piernas abiertas tanto como puedo mientras echo mi cuerpo hacia atrás y me apoyo en mis manos.

Busca mi ropa interior y ve que no llevo nada. De repente comienza a hablar como si fuese un mensaje de wasap que me ha escrito:

"Y, veo ese delicioso juguete ante mi brillante y húmedo. No tardó mucho en estar mordiendo la parte interior de su muslo para desahogar el ansia que siento."

Mientras habla va llevando a la acción lo que dice. Cierro los ojos, me dejo llevar por sus palabras, por todo lo que me hace sentir.

"Voy besando sus muslos hasta llegar a su coño, lo beso y lamo muy lento desde tan abajo como puedo hasta que termina.

Disfruto su sabor mientras miro hacia arriba y veo cómo cambia su cara y se retuerce su cadera.

Solo quería ver eso antes de comenzar a recorrer los alrededores de su clítoris con mi lengua e introducirla en su coño tan profundo como sea posible.

Saboreándola al tiempo que ella empuja con sus manos mi cabeza contra ella.

Ella es la perra vestida de señora que todo hombre desea."

En ese momento omito el dato de "perra", no me ha acaba de convencer, pero me dejo llevar por todo lo que recibo. Dejo de pensar. Disfrutar es mi prioridad.

Al día siguiente, estamos desayunando tostadas con mantequilla, café con leche y zumo de naranja.

- ¿Has dormido bien? – le pregunto mientras le doy un piquito.
- Si, muy bien como siempre y ¿tu?
- También
- Anda suelta eso que merodea en tu cabecita - me toca la cabeza con el dedo y sonríe. ¡Vaya!, no esperaba que ya me conociera tan bien.
- Bueno, mira algo que dijiste ayer por la noche, eso de "perra". ¿No esperarás que sea tu sumisa o algo así, no?
- No me gusta nada de esos rollos, es tan solo que me salió así sin pensar, es que disfruto con el cuerpo de la mujer, investigando y probando. Me encanta tu cuerpo, como te mueves, como respondes a los estímulos. Eres un cielo.

No puedo parar de sonreír en todo el fin de semana que estoy con Oscar, me dedica su tiempo, sus gracias y me hace sentir tan feliz.

La semana siguiente va sobre ruedas, hasta mi asistente me mira de forma diferente, parece ser que mi estado de felicidad envuelve a todos los que me rodean. Durante la semana no veo a Oscar, tiene que viajar y aprovecho para ver a mis amigas.

Con Alicia estoy el martes, vamos a cenar al Restaurante Tenorio en Paseo de Gracia, después de beber vino durante la cena y comer espléndidamente, vamos paseando a tomar una copa al Hotel Omm. Nos contamos todo, lo que me hace sexualmente Oscar y ella lo que le hace sexualmente su pareja, no podemos evitar reírnos de vez en cuando. Me encanta estar con ella, es tan "chic", siempre a la moda, una rubia espectacular que todos los hombres giran su cabeza cuando la ven pasar.

Viernes, estoy con Claudia "mi loquita favorita" vamos a bailar a la discoteca "Bling Bling" allí como no con su grito de guerra "ua ua" llama a cualquier hombre que pasa a su alrededor, saltando, riendo y bailando el tiempo pasa volando, nos recogemos a las seis de la mañana que me deja en casa, le ofrezco quedarse a dormir pero no quiere. Alguien debe de tener en casa esperando, si no se hubiera quedado seguro.

Sábado, son las cuatro de la tarde y recibo un wasap de Oscar,

"Estoy en la puerta, ¿me abres?"

¡No jodas! Y yo con este careto, aun no me he levantado de la cama, ni tan siquiera he sacado a pasear a la perra.

"No, espera que bajo con la perra, tengo que pasearla"

En cinco minutos estoy abajo con unos tejanos y una camiseta de tirantes, unas bambas y me hice rápidamente una coleta.

Vamos por el parque que hay al lado de casa, hablamos de cómo le ha ido el viaje y como me ha ido la semana, no hemos hablado mucho por el móvil esta semana pasada. Veo que lleva una bolsa negra, pero no pregunto, tampoco me dice nada al respecto.

En cuánto entramos en casa, me lleva contra la pared y me dice muy bajito al oído.

-    Ves a la habitación que tengo una sorpresa muy agradable.

Me da un beso suave y lento en la mejilla, me mira a los ojos y como una autómata voy para la habitación. Me siento, me levanto, me tumbo boca arriba, boca abajo. Finalmente, me quedo boca abajo y cierro los ojos.

Entra a los pocos minutos y me pide que me dé la vuelta, boca arriba.

Me ata, suave, mordisquea mis pezones, siento un poco de dolor pero puedo soportarlo.

No veo nada, me ha puesto un antifaz, huelo su piel, me roza encada movimiento. Noto algo suave que pasa por mi cuerpo tal vez una pluma, tal vez solo sea la suavidad de sus dedos. Oigo vibrar algo, tiene un vibrador que pasa por mi cuerpo., lo pasa por mi pubis. Se aumenta mi sensibilidad, tengo la piel tan sensible que me excita.

Me besa todo el cuerpo, besos suaves, tiernos siento sus labios, noto como jadea. Para.

Me pone el pene en la cara, no si quiere que se la chupe o solo es satisfacción visual.

Espero me diga que debo hacer, es mi amo, soy su perra. (Creo que eso es lo que quiere que sea)

Mete un dedo en la vagina. Para.

Acaricia de nuevo mi cuerpo. Para.

Me está poniendo a mil. Lo deseo. Suspiro. Jadeo.

Quiero hablar, pero no puedo, no me está permitido. (Cada vez que jadeo me pone un dedo en la boca, cuando intento hablar también).

Pasa su lengua por mi clítoris y vuelvo a oír vibrar, lo mete en mi vagina. Me excito, me lubrico.

Quiero su polla dentro y la vibración en mi clítoris.

No me hace caso, obvio, no me oye, no puedo hablar y quiero jadear quiero que me oiga, no puedo verlo. Para.

¡Joder! ¡Fóllame!

Pero no, ahora poco a poco mete más dedos en mi vagina, no sé cuántos pero me siento llena, me gusta.

Acaricia mi clítoris con la lengua, el vibrador lo vuelve a encender. No entiendo nada. En mi mente hay demasiadas manos.

Tengo que dejar de pensar. Quiero que me folle.

Uff se mueve, mueve los dedos, me corro, me mojo entera, vienen las convulsiones, parezco la niña del exorcista.

No puedo moverme pero mi cuerpo se convulsiona, continuo corriéndome varias veces.

Estoy muy muy mojada, he traspasado el colchón.

Noto que me mueve, pone una toalla debajo de mi cuerpo, me abre las piernas, me vuelve a meter los dedos, coloca el vibrador en clítoris y comienzo de nuevo con mis orgasmos extasiantes mientras noto toda su polla hasta dentro como me folla!! Siento explotar!

Después de varias quedadas donde el sexo es increíble, me vuelvo loca de placer y disfruto como nunca antes lo había hecho, comenzamos a tener citas más largas, me dice de acompañarlo a un viaje, casualidad de la vida que en esa misma fecha tengo que ir a visitar a uno de las empresas más influyentes en el sector turístico, mi secretaría me dice que ese hombre está muy solicitado por todas las mujeres, soltera y no soltera.

- Seguro que es un viejo millonetis, de esos que tienen que comprar todo para tener lo que tienen - le comento yo muy seria. Debe ser un fantasmilla.
- No lo sé, pero dicen que tiene una novia bastante guapa y por lo que tengo entendido de viejo nada, un poco más mayor que tú.
- ¿A sí?, bueno ya tengo un hombre a mi lado. – digo sonriendo y guiñándola un ojo.
- ¿Sí?, ¡¡me has de contar!! aunque me gustaría más que conocieras y te ligaras al jefazo ese.

- Bueno, lo conoceré mañana en la comida que organiza su empresa en el Hotel Reina Sofía, quieres acompañarme, así me vas dando detalles de todos los asistentes, ya que sabes quién es.
- ¿Puedo ir en serio?
- Claro, ¿porque no ibas a poder venir?
- Bueno, es comida para los high class de las empresas españolas turísticas.
- Entonces tienes que venir, ya que nosotros somos high class.

Nos reímos y pensamos en los preparativos para mañana, por un segundo tuve curiosidad de saber quién podría ser ese empresario que todas desean, pero como mi amorcete no hay nadie.

En 3 días veré a Oscar, tiene varios compromisos empresariales esta semana, así que por la noche le comento que tengo también 3 días a full de trabajo, estoy preparando mi presentación de la empresa para una de las mejores empresas de España. Me aconseja estar tranquila y que no hay "mejor empresa" pero si muy buenos empleados que aman su trabajo, ya que sin ellos no existirían las empresas. Me gusta su frase, así que me la aplico. Para el discurso.

El jueves, entro al hall del hotel con mi secretaría vamos clásicas, guapas y por supuesto bellas. Una señorita alta, rubísima y simpática nos indica el salón para la conferencia. Somos de las primeras porque no hay mucha gente dentro del salón, hay sillas y mesas redondas, sobre la mesa folios y bolis y una pinza donde indica mi nombre y el de mi asistente en la mesa 4, estoy al ladito del palco para las presentaciones. En este evento vendrá gente de mi empresa en Alemania, un tour operador de Rusia y otro de emiratos árabes, además de todos los españoles. Si esto funciona, se hará unos buenos catálogos online de intranet, donde todos estaremos conectados para conseguir reservas a un precio más económico para los clientes y un servicio brutal a nivel mundial.

Después de dejar nuestros bolsos, nos levantamos y nos dirigimos hacia las otras mesas para presentarnos y dar nuestras tarjetas, hablamos en inglés y español, idiomas muy necesarios a nivel turístico. De ruso no tengo idea, pero me sorprende mi asistente que sabe ruso, vamos que me acabo de enterar que es trilingüe, habla español, inglés y ruso, su padre es de Moscú y madre española, que suerte la tía de tener ese idioma sobretodo, cuando estamos recibiendo tantos clientes de allí, me alegro de haberle dicho que viniera, será una baza muy buena en la conferencia.

La cara de los asistentes rusos es satisfactoria por haber una mujer "tipical espanish" hablando perfectamente ruso, le pido que me traduzca cuando me toque hablar de nuestra empresa.

Y para postre, ¡venga hombre! No me lo puedo creer. Entra Oscar por la puerta. ¡Venga hombre! ¡No me jodas! Me salen de la boca todas las expresiones coloquiales, vulgares que existen. Mi secretaría me mira anonada, en plan: "¿¡Qué coño dice esta?!"

La miro y le digo:

- Si tú supieras...- me sigue mirando anonadada, me bebo una copa de vino de golpe, que no se ni de donde la he sacado.
- ¿Está bien?
- Si, demasiado bien, de verdad si tú supieras...
- Quiero saber, vamos explícame.

Le explico todos los encontronazos, destino o lo que sea que me ha hecho de jugadas la vida de verlo donde menos esperas verlo. Mira por donde sé que era del sector turístico pero que fuese este el hombre que me toca "conquistar" para la empresa, ¡vamos hombre!

- Mira Silvia – me dirijo a mi secretaria, asistente y amiga confidente en este preciso instante- este tío, jefazo, me lo encuentro hasta donde menos te lo esperes, de verdad es impresionante y si supieras que lo conocí el mismo día que decidía dejar a mi ex de hace dos años. Vamos, que de hoy no pasa a que hablemos seriamente, ya que este hombre es el que me ha estado robando el corazón estos últimos días. He estado quedando con él. Incluso sabía que yo venía aquí y no me ha dicho nada, ahora mismo me siento furiosa, pero a la vez, creo entender por qué no me ha dicho nada. – cojo otra copa de vino y me la bebo de golpe.
- Tranquila, venga come algo que vas a estar borracha antes de tiempo.
- Si tienes razón, vamos a nuestra mesa y a pasar de sus palabras, total dormimos juntos, ya le preguntaré ¡qué coño ha dicho!

Curiosamente todo el día me paso sin hablar con él, entablo conversación con 1001 asistentes menos con él.

MI secretaría, sí se acerca a él, Oscar me mira, pero nada no pienso acercarme, será cabrón, que ¡no me dijo nada!!

Esa misma noche no le cojo el teléfono llevo tal borrachera que mejor no hablar. Le envío un wasap para quedar mañana por la noche para aclarar nuestra situación en general, de amistad, pareja, laboral todo.

Al día siguiente hemos quedado en Barcelona en el restaurante Tuset, tenemos una mesa tranquila y apartada. He decidido ser

PUTA, eso quiere decir que debajo de mi vestido no llevo nada de nada. Voy a provocar, cuando me enfado me pongo cachonda.

Durante toda la velada, le meto mano, una mano en su paquete, un pie que también de vez en cuando se dirige ahí.

Principio o Final

- Estas jugando con fuego, ¿lo sabes, no?
- Si..
- ¿Porque?
- Porque me debes muchas explicaciones
- Ayer, ¿porque me ignoraste? – me pregunta Oscar y yo le miro en plan " estoy flipando" y le digo:
- Me debes muchas explicaciones
- Tu a mí también
- ¿Uo??? ¿Perdona? – le digo toda chulita
- Jajaja tienes razón, te debo explicaciones. Y ¿crees que así lo conseguirás?
- Si. – le digo seria mirándole a los ojos. Mientras mi mano derecha está en su paquete.

No sabe que mi idea es ponerlo súper cachondo y cuando yo diga quiero que me responda, no cuando él decida.

En fin, estoy tan cachonda que me va a costar ser fuerte y dura para que no pase nada.

El resto de velada cenamos tranquilamente, el segundo acto llegará cuando vayamos a "ajoblanco" a tomar algo entonces va a flipar.

Je je je, Me siento como en un cómic con la sonrisa en mi cara todo el tiempo, pero estoy seria. Estamos en "ajo blanco", levanto las cejas y le miro en plan seducción.

Me mira sonríe.

- Ja ja ja me haces reír, ¿qué te pasa? Estas muy rara hoy – me dice intentando cogerme por la cintura.
- Nada.
- Entonces ¿porque me miras con esa cara rara?
- Jajaja ¿me ves?
- Claro
- Fíjate bien en mi cuerpo
- El vestido te aprieta mucho.
- Fíjate bien, ¿ves alguna marca de algo?
- Como ¿qué?
- ¡Dios! Fíjate bien. Sujetador, tanga.
- ¡Coño!
- Jajajaj ¿ahora lo ves?
- ¿El qué? ¿Que no llevas nada, no?
- Jejejeje
- ¡Exacto!
- Guau ¡mi loca favorita! – Me dice intentando agarrarme y acercarme a él.
- ¿Estas cachonda?
- No, quiero muchas respuestas.
- ¿Cómo qué?
- Por qué no me dijiste que eras alguien tan importante en el sector turístico?
- Porque hay mucha interesada que se hace la tonta y no quiero que me quieran o me usen por mi dinero o mis influencias.
- Vale, entiendo. Pero ya viste que yo no tenía ni idea.

- Me cuesta confiar – me da un besito en los labios.
- ¿Incluso después de 2 años de coincidir en sitios? ¿Y no tener ni idea de quién eras? Ni tan siquiera sabía tu verdadero nombre, es ¡Roberto!, ¿cómo pudiste engañarme así?
- Tranquila, te entiendo y prometo compensarte.
- ¿Como?
- Todo lo que te he explicado hasta ahora es verdad.
- ¿Todo?
- Si. En lo único que te mentí fue en mi situación laboral y económica. ¿Porque es para ti tan importante?
- Bueno, no es importante, más que nada que me hayas ocultado quien eras y resulta que ayer tenía una reunión/ convención con tu empresa, y sabias que era con mi empresa, ¿tanto te costaba decirme que nos veríamos?
- La verdad quería darte una sorpresa, pero la sorpresa me la diste tú a mí.
- Ahora mismo no soy muy capaz de entender todo, creo que el vino y ron cola me ha subido hasta las nubes.
- Jaajaja, tu sí que me haces subir hasta las nubes. Me tienes a 1000 y casi no puedo pensar en otra cosa desde que me has dicho que estas desnuda.
- ¿Perdona? Desnuda no estoy, estoy con ropa pero a la vez sin ropa – le saco la lengua – jajaja
- Bueno, me voy a ir ya.
- Ahora soy yo el que dice "¿perdona?"
- Bueno, que me voy, mi perrita me estará esperando, pobrecita y necesito ir a casa, porque este ha sido tu castigo por no decirme quien eras, ¡hasta ayer!

Me intenta coger de la mano, luego del brazo, me paro, le miro a los ojos, le beso y me voy.

Pillo un taxi y cuando llego a casa estoy tan cachonda que cojo mi juguete y me masturbo, me corro, pienso en él. Me ducho y me pongo el pijama, el abrigo encima y voy a sacar la perra. Está sentado en el bordillo de enfrente del portal.

Me sigue mientras saco la perra, doy la vuelta a la manzana y no dice nada, viene detrás de mí, me giro de vez en cuando, lo miro.

Y cuando llego a casa.

- ¿puedo subir? – me pregunta con carita de pena.
- Si.

Sube conmigo arriba y dejo a la perra en su camita en el sofá, me quito el abrigo y me meto en la cama. Se sienta en la cama, se desnuda, se tumba detrás de mí y me abraza en forma cucharita.

Nos dormimos.

• •

Abro los ojos y le veo a mi lado, duerme, debo reconocer que me desperté varias veces por que de vez en cuando ronca. Otras veces no podía ni moverme, estaba todo el tiempo abrazándome o me ponía la pierna encima de mis piernas, me quedaba inmovilizada.

Me muevo lentamente y me voy a la ducha, quiero despejarme de ésta olor a alcohol y sentirme limpia y fresquita.

Cuando salgo de la ducha, sigue dormido, así que me visto en silencio y me voy con la perra a dar un paseo. Veo la panadería abierta y compro pan recién hecho.

En cuanto llego a casa hago café y unas tostadas, parece que se mueve un poco en la cama, lo observo unos minutos antes de despertarlo. Se le ve tranquilo.

Durante todo el día estamos en casa, viendo pelis, sofá, cama, hacer el amor y así hasta la noche. Tiene que volver a su casa a primera hora coge un vuelo.

Nada permanece...

- ¿Qué quisiste decir con eso de que nos vemos mañana a las 18h y luego ya no se nada de ti? – envío un wasap no sé nada de Roberto.

No hay respuesta

- ¿Podrías contestarme al menos, no? Bueno si te parece esto normal, aquí se queda lo poco que había.

No hay respuesta

¡Estoy de los nervios! ¿Qué quiere decir cuando un tipo, el que te gusta de repente no te contesta, después de haberte dicho de quedar y han pasado tres horas? Son las nueve de la noche. Estoy enviando un wasap a mi amiga Mabel para contarle lo sucedido.

- Tranquila, pero lo mejor es que pases de él. Puede que se le haya estropeado el móvil o se lo hayan robado. – intenta tranquilizarme
- No puedo estar tranquila.
- ¿Quieres venir a casa?
- No. Tienes razón debo tranquilizarme. Lo mejor será que me vaya a dar una vuelta y así desconectar de este plantón.

Cuatro días después aparece como si nada, me envía mensajes por wasap:

- ¡Hola! ¿Cómo estás?
- ¿Qué haces?
- ¿Estas enfadada?

¿Perdona?! ¿Cuatro días después del plantón te dignas a hablarme?, pienso y pienso, decido no escribir nada, me siento decepcionada, defraudada.

¿Qué puedo decir? Nada, es mejor no decir nada.

Pasa la semana y después de cinco días decido escribirle, diciéndole lo que pienso, que eso no es de amigos ni de pareja ni de nada, que es un sinvergüenza, ¿cómo puede comportarse así?

Me comenta que no sabe de que hablo, le digo que habíamos quedado, ¿no se acuerda? Le escribí y que no recibí respuesta.

Paso de él, cuando quiera venir que venga.

Lo último que me escribe es que viene a verme, así que le digo que venga a mi casa.

Pero yo no pienso esforzarme por este rollo, noviazgo, lo que quiera que sea.

Cuando nos vemos por la noche, no me encuentro bien, estoy enferma, así que paso de malos rollos, le digo que se quede a cenar, vemos una peli y luego a dormir.

Ayer me envía un mensaje, dos días después de vernos. Para quedar el fin de semana.

Tengo planes, así que dudo mucho que nos veamos.

El fin de semana llega, veo a mis amigas y salimos a bailar, nos lo pasamos en grande.

Domingo, resacón, a las cinco recibo un mensaje de Roberto, para quedar, le digo que estoy cansada y me dice que le abra la puerta, que ha traído palomitas. Así que, le abro la puerta y sube a casa. Soy fácil de convencer.

Comemos las palomitas, sentados en el sofá, con la mantita, vemos una película.

De vez en cuando nuestras manos se rozan, de vez en cuando nuestras miradas se cruzan.

De vez en cuando quiero que me abrace y me bese. De vez en cuando quiero que esté pensando tanto en mí, como yo en él.

Pasamos la noche juntos, hacemos el amor como si fuera la última vez que nos vemos, ese es el pálpito que tengo.

Días después tenemos una discusión absurda, algo ha cambiado, pero no tengo claro que es.

Palabras dañinas salen por su boca, palabras sinceras salen por la mía. Nada puedo hacer con su cambio de actitud, solo recordar lo bueno que tuvimos y ver qué hará la vida, el tiempo, la vida.

Después de no saber de él obviamente continuo con mi vida, lo increíble es que no paro de preguntarme en ¿por qué ha cambiado de opinión, a que tuvo miedo? Pero lo importante es que eso no me concierne, eso no ha de importarme, porque lo más importante soy yo y que quiero en mi vida y a quien quiero en mi vida y es importante mi familia, mis amigas/os, hacer aquello que me hace sonreír, aquello que me permite convivir en tranquilidad o a 1000 x hora pero que sea con sentimientos y emociones que sean de felicidad, alegría. Recordando que si hice algo mal no fue mi culpa, no hay culpa cuando uno/a se comporta como uno/a realmente es. Porque no necesitamos que nos perdonen, solo ser perdonados por nosotros mismos, ya que si algo hicimos mal fue que no supieron valorar o pensaron que estábamos haciéndoles daño con nuestros actos involuntarios. Que cuando alguien pide perdón no es para ser perdonado, sino, porque vemos que le hemos hecho daño y no era nuestra intención, porque si te pido un lo siento es porque te veo sufrir o enfadado y no quiero hacerte ni daño ni verte sufrir, pero si lo hice discúlpame, no era mi intención. Y como no fue voluntario espero que veas que mi petición de disculpas es sincera. Si no lo ves, es que realmente no me ves como soy realmente.

Y porque me digo todo esto, porque no entiendo tu actitud, pero no pasa nada, porque estoy bien, porque si das espacio y tiempo a las personas acaban volviendo, porque no hay nada malo en un enfado, no hay nada malo en un cambio de actitud. Si no existieran esos cambios no habría movimiento, seríamos máquinas.

Las rutinas, las cosas iguales, no nos gustan, no lo apreciamos, porque no lo queremos en nuestras vidas, lo mejor es valorar lo que queremos y no menospreciar los cambios de las personas, si no aceptarlos tal y como nos llega y entender, sí entender, que todo cambia en esta vida, las máquinas evolucionan, las personas cambian, los sentimientos, las emociones, no hay nada permanente, por algo el planeta tierra se mueve.

Y todo esto mientras lo escribo en mi blog, para aquellos/as que me leen, que sé que son pocos/as, era porque necesitaba expresar mi pequeña sabiduría, mi pequeña madurez de aprendizaje que veo que tengo día a día sobre aquello que antes me dejaba paralizada y triste a ver que ya no me entristecen tus cambios de actitud/aptitud/emociones/sentimientos, porque lo importante son mis actitudes, mis aptitudes, mis emociones, mis sentimientos.

Entender que puedes cambiar, comprender que esos cambios no deben afectarme porque me quiero más de lo que tú nunca podrás llegar a quererme y aunque parezca muy egoísta en mis pensamientos, me da igual. Me quiero y lo que está claro es que después de haber estado mal algunos días, la vida continua, el sol sale todos los días y aunque deseo con toda mi alma despertarme a tu lado cada día, si ese no es tu deseo no voy a obligarte.

En una discusión me dijiste que era una falsa y que me habías usado, tal vez yo me hubiera dejado usar. Pero, ¿Qué palabra más fea? Jamás deberíamos utilizarla en las personas, porque yo no te uso, porque no me usas, estuvimos juntos porque quisimos. Tal vez, tu no quisieras estar a mi lado, por más tiempo del que has estado, tal vez has conocido a una mujer que te hace revolotear mariposas en el estómago, tal vez tengo demasiados cables cruzados y solo es que tienes tal cantidad de trabajo o te ha ocurrido algo grave para que no sepa nada mas de ti.

Pero, no pasa nada. Si me quieres vendrás. Tal vez yo continúe pensando en ti, tal vez siga haciendo mi vida sin un regreso hacia ti porque haya conocido a alguien que sí está aquí a mi lado. Alguien que no desee irse a ningún lugar lejos de mis brazos, de mis piernas, de mis besos, de mi sonrisa linda.

En el fondo, no pasa nada si estás sola, porque nunca estamos totalmente solos, ¿no es así?

Printed in Great Britain
by Amazon

72312460R00078